Crazy Crissy

Rüdiger Schneider

Crazy Crissy

Roman

Bibliografische Information der Deutschen Nationalbibliothek: Die Deutsche Nationalbibliothek verzeichnet diese Publikation in der Deutschen Nationalbibliografie; detaillierte bibliografische Daten sind im Internet über http://dnb.d-nb.de abrufbar.

Herstellung und Verlag: Books on Demand GmbH, Norderstedt

ISBN: 978-3-7357-3847-9

1

Dr. Eugen Mondmann war zufrieden mit dem Symposion. Die Mainzer Veranstaltung ‚Liebe und Verrücktheit' war gut gelaufen. Die meisten seiner Kollegen hatten beifällig genickt, als er sein eigenes, das Mondmannsche Gesetz erläuterte und mit Beispielen aus der Anstalt untermauerte. Kopfschütteln und Pfiffe kamen nur von der weiblichen Seite. Man könne das auch ganz anders sehen. ‚Trivial' und ‚unwissenschaftlich' lauteten die Vorwürfe. Eine Kollegin hatte sich hinreißen lassen und laut „Du blöder Macho!" gerufen. Aber er war bei dem Vortrag ruhig geblieben, hatte gelegentlich sogar gelächelt und die Beispiele, mit denen er das Gesetz darlegte, erklärend vertieft. Beispiele hatte er genug. Dreißig Jahre Psychiatrie, dreißig Jahre Klinikpraxis lagen hinter ihm. Da machte ihm niemand mehr etwas vor.

Jetzt war er auf der Rückfahrt von Mainz nach Bonn. Er liebte diese Strecke den Rhein entlang, wo sich der IC langsam in die Kurven legte, so dass man die Landschaft in Ruhe betrachten konnte. Links die Weinberge von Bacharach und Oberwesel, rechts der Blick auf den Strom und die Loreley. „Ich weiß nicht, was soll es bedeuten."

„Doch, doch!" sagte Mondmann leise, als der Zug den viel besungenen Felsen passierte. „Ich weiß es."

Sein Gesetz war einfach. Vom Volksmund her war bekannt, dass hinter jedem erfolgreichen Mann eine starke Frau stand. Mondmann hatte es ergänzt.

Schließlich gab es nicht nur erfolgreiche Männer, sondern auch gescheiterte. Und für die galt: Hinter jedem gestörten Mann steckt eine Verrückte.

Frauen konnten Männer in den Wahnsinn treiben, bis sie ziel- und hilflos umherirrten und schließlich wie in einer Arche Noah in der Anstalt landeten. Kleinigkeiten, scheinbare Kleinigkeiten konnten das auslösen. So wie etwa bei Helmut B. Der Vater hatte dem Jungen immer gesagt: „Steh aufrecht, Brust raus, Rücken gerade! Beuge dich beim Pinkeln nicht vor, als müsstest du kotzen!" Später, in der Ehe, hatte Helmut sich hinzuhocken. Was er anfangs nicht tat. Er urinierte, um keine verräterischen Spritzer zu hinterlassen, lieber ins Waschbecken. Er ging dabei achtsam vor, ließ reichlich Wasser nachlaufen und verpackte sein bestes Stück so, dass kein verräterischer letzter Tropfen auf die Fliesen fallen konnte. Bis seine Frau ihn nachts einmal erwischte. Sie saß im Dunkeln auf dem Topf, was er schlaftrunken erst bemerkte, als sie sagte: „Aha, also so machst du das!" Fortan kontrollierte sie ihn und installierte sogar eine Kamera auf der Toilette. Das war dem sensiblen Mann so in die Glieder oder ins Gemüt gefahren, dass er überall, wo er jemanden stehen sah, hinzutrat und befahl: „Hinhocken!" Das konnte im Bus, in der Straßenbahn, im Zug, an einer Haltestelle, an einer Fußgängerampel, Imbissbude oder einfach an irgendeiner Ecke geschehen. Helmut wurde stadtbekannt, holte sich oft ein blaues Auge, bis er als völlig Verwirrter und Hilfloser in der Mondmannschen Anstalt landete.

Freilich, das wusste auch Mondmann, konnte man der Frau nicht unbedingt die Schuld an dieser unglücklichen Biographie in die Schuhe schieben. Aber wäre Helmuts Leben bei einer anderen Frau nicht anders verlaufen? Bei einer Frau, die nicht auf die dumme Idee kam, eine Kamera auf der Toilette zu installieren? Aus den zahlreichen Gesprächen mit dem Unglücklichen wusste Mondmann, dass es eine Summe verrückter Kleinigkeiten gab, mit denen Helmut B. malträtiert wurde. Lauter unsinnige Vorschriften und Lieblosigkeiten. „Helmut, wie oft soll ich dir noch sagen, man krümelt nur auf den Teller!" – „Helmut, du sollst nachts nicht auf dem Rücken liegen. Du weißt doch, dass du dann schnarchst." – „Lernst du es denn nicht, Helmut? Morgens erst Futter für die Katze. Dann kannst du dir meinetwegen einen Kaffee machen." – „Helmut, würdest du bitte alle deine Tempotücher aufsammeln!" Das klang so, als hätte Helmut seine benutzten Tücher einfach auf den Boden fallen lassen. Dabei lag nur ein einziges auf der Nachtkommode.

Es war die Summe aller Kleinigkeiten und Übertreibungen, die Helmut in den Wahnsinn trieb. Und es war insbesondere das Verbot des aufrechten Pinkelns, das Unheil im Unbewussten angerichtet hatte. Sicher, eine gewisse Disposition half mit. Nur schwache Bäume wurden vom Sturm geknickt.

Die Frau wegen der Kamera so einfach als verrückt zu bezeichnen, kam Mondmann als Psychiater natürlich nicht in den Sinn. Verrücktheit war ein komplexer Begriff. Verrücktheit begann für ihn da, wo sich in eine Beziehung Herrsch- und Rachsucht, Lieblosigkeit, Dominanzgebaren, übertriebenes Bedürfnis nach Aufmerksamkeit, die Lust an Vorwürfen, das Quälen mit Maßregelungen und noch einiges mehr einschlich und in der Summe zur Katastrophe führte. Die Liebe war vermint. Deshalb sprach Mondmann auch oft von der ‚Liebesfront'.

Sein Gesetz, dass hinter jedem gestörten oder sogar gebrochenen Mann eine Verrückte stand, hatte er bewusst so volkstümlich formuliert. In Wirklichkeit war es komplizierter. Die Instrumente, mit denen Frauen Männer lahmlegten, waren vielfältig. So spielte beispielsweise der Sex beziehungsweise dessen Verweigerung eine besondere Rolle. Wie etwa bei Christoph C., der nun ebenfalls in seiner Anstalt saß. C. war ein eher gutmütiger Landwirt aus Bornheim, der Nacht für Nacht nackt neben seiner Gattin schlafen musste, aber außer schlafen mehr nicht durfte. Bis er eines Morgens aus dem Haus lief und sich auf der Weide an einem Schaf verging. Stärkere Naturen hätten andere Lösungen gefunden.

Ein klassisches Beispiel für das Mondmann-Gesetz war der Fall Franz Duda. Duda, ein rüstiger Rentner, hatte in späten Jahren zur Dichtkunst gefunden und saß jeden Tag für ein paar Stunden an seinem Gartenteich. Hier ließ er sich inspirieren, gewann die zwölf Goldfische lieb, die immer wieder an der Oberfläche auftauchten, ihn ansahen und manchmal sogar zu küssen schienen. Die Gedichte, die er schuf, verschafften ihm einen Ausgleich zum eher uninspirierten Eheleben, das er

8

eigentlich nur noch aus Gewohnheit ertrug, und weil es für Alternativen zu spät war. Eines Nachmittags war seine Frau an den Teich getreten, sah in das Wasser und sagte: „Die Algen müssen weg." – „Welche Algen?" fragte Duda. „Das Wasser ist doch klar." – „Am Rand sind welche", bemerkte die Frau. „Ich habe ein Mittel gegen Algen gekauft. Ein ganzes Päckchen. Das ist purer Sauerstoff." – „Puren Sauerstoff gibt es nicht in so einer Verpackung", wandte Duda ein. „Doch, doch. Damit gehen die Algen weg." Und ehe der Rentner eingreifen konnte, hatte seine Frau die ganze Packung in den Teich geschüttet. „Wenn das mal gut geht!" sagte Duda. Es ging nicht gut. Das Wasser trübte sich. Man sah die Fische nicht mehr und am nächsten Morgen trieben sie bäuchlings an der Oberfläche. Einzig ein Frosch, der den Teich ebenfalls bewohnte, hatte sich retten können. Der Verlust seines Mediums, seiner inspirativen Quelle, brachte Duda so aus der Fassung, dass er weinend durch die Siedlung lief und rief: „Sie hat alles vernichtet. Sie hat alles vernichtet!" Dann hatte er sich auf die Bank eines Kinderspielplatzes gesetzt, blieb dort teilnahmslos hocken. Als man ihn fragte, wo er denn wohne, hatte er geantwortet: „Nirgendwo". Es war kein vernünftiger Satz aus ihm herauszubekommen.

Zuerst war er in eine offizielle Psychiatrie eingeliefert worden, später dann in das Mondmannsche Haus gekommen. Weinend erzählte er dem Psychiater seine Geschichte. Mondmann hatte den Kopf geschüttelt und gemeint: „Das hätte sie doch wissen müssen! Natürlich gibt es keinen puren Sauerstoff im

Päckchen. Das war irgendein Peroxid. Wenn sich das in Wasser löst, entsteht zwar Sauerstoff, aber auch eine Lauge. Der pH-Wert ist gekippt. Das war in Wirklichkeit ein Anschlag auf Ihre Inspiration."

Hin und wieder war Kritik aufgetaucht in der Fachwelt. Gesetz? Gesetz könne man das doch nicht nennen. Höchstens Regel. Denn bestimmt gebe es Ausnahmen. „Nennt es, wie ihr wollt!" hatte Mondmann geantwortet. „Meinetwegen Regel. Natürlich gibt es Ausnahmen. Aber wenige."

Er hatte dabei an jenen Fall eines emeritierten Bonner Literaturprofessors gedacht, der trotz seiner betagten Tage die Schiller-Nummer nachmachen und gleich zwei Frauen lieben wollte. Ein ganzes Jahr hatte er das durchgehalten, die eine Frau vor der anderen verheimlicht. Immer neue Alibis gefunden, sich verstrickt in Lügen. Und zudem seinen Körper ruiniert mit Viagra. Bis schließlich die Belastung des Gewissens zu groß war. Da hatte er sich vor dem Portal des Bonner Münsters aufgebaut, die Arme in die Luft geworfen und laut gerufen, dass es über den ganzen Platz schallte: „Hört her, ihr Brüder und Schwestern! Öffnet euch der Liebe! Von welcher Seite sie auch kommt. Wenn ihr zwei Frauen liebt, dann liebt eben zwei oder auch drei. Aber vermischt die Liebe nie, nie mit der Lüge! Ist sie einmal da, wird sie größer und größer, verdunkelt euch den Himmel."

Danach fiel er weinend auf die Knie, schlug sich den Kopf dreimal auf das Pflaster und rief dabei: „Ich bin ein Sünder, ich bin ein Sünder, ich bin ein Sünder!"

Mit einem Nervenzusammenbruch war er in die Mondmannsche Klinik gekommen.

Mondmann hatte sich lange mit ihm unterhalten. „Ich kann Sie verstehen", hatte er gesagt. „Natürlich kann man zwei Frauen lieben. Aber wenn selbst der große Friedrich Schiller daran scheitert, dann Sie doch erst recht. Und außerdem hat Schiller das nicht heimlich gemacht. Die Frauen wussten voneinander. Er hat also nicht Ihre Gewissensbelastung wegen der Lügerei gehabt."

„Weiß ich doch alles", hatte der Professor nur geantwortet. „Aber trotzdem."

„Konnten Sie sich denn nicht für eine entscheiden? Schiller hat schließlich auch eine Wahl getroffen."

„Ging nicht. War ich zwei Tage bei der einen, hatte ich Sehnsucht nach der anderen. Wie soll man das entscheiden können? Bevor ich auf dem Münsterplatz war, habe ich an beide eine SMS geschrieben und gebeichtet."

Mondmann hatte genickt. „Ja, ja, der Druck des Gewissens. Jetzt sind Sie wohl beide los. Bei einem rationaleren Verhalten hätten Sie wenigstens eine glücklich machen können. Und eine ménage à trois? Nicht möglich?"

„Habe nur rein theoretisch darüber geplaudert, ohne mich zu offenbaren. Sie waren entrüstet und völlig gegen dieses Modell. Da habe ich dann nicht mehr davon geredet."

Bei dem Professor konnte man nicht sagen, dass eine Verrückte hinter seinem Zusammenbruch stand. Es war seine eigene Verrücktheit oder zutreffender ein letztes heftiges Aufbäumen der Lebenslust. Ganz sicher war sich Mondmann allerdings nicht. Denn wenn ein hochbegabter Mann sich so verhielt, dann mussten wohl beide Frauen einen geheimen Zauber ausgeübt haben. Der arme Kerl war zwischen alle Fronten geraten und an seinem eigenen Gewissen gescheitert. Die Schiller-Nummer konnte man sich in der westlichen Gesellschaft nicht mehr leisten. So etwas schaffte nur ein arabischer Scheich.

2

Als kurz vor Koblenz auf der anderen Rheinseite die Mündung der Lahn auftauchte, ging Mondmann in das Bistro des Intercity, bestellte sich am Tresen einen Kaffee, setzte sich ans Fenster, warf nur noch gelegentlich einen Blick nach draußen. Die Landschaft empfand er jetzt als langweilig. Schön wurde es erst wieder bei Remagen, wo der Zug dichter den Rhein entlang fuhr und man bald das Siebengebirge und den Drachenfels sah.

Er rührte gedankenverloren den Kaffee mit einem Stäbchen um. Der Zucker war lange schon gelöst. Es war eine meditative Zeremonie, für längere Zeit den kreisenden schwarzen Strudel in der Mitte des Bechers zu beobachten. In solche schwarzen Strudel gerieten auch seine Patienten. Bloß weil sie sich in etwas Süßes vernarrt hatten. In jungen Jahren wäre er fast auch in solch einen Strudel geraten. Die Liebe beziehungsweise ihr Verlust konnte verdammt weh tun. Dann trennte einen nur noch eine dünne Wand vom Wahnsinn. „Nie wieder!" hatte er sich geschworen. Eine Frau sollte ihn nicht mehr aus der Balance bringen. Hin und wieder eine Affäre, ja. Eine Bindung oder Beziehung? Nein!

Um die menschliche Seele besser verstehen zu können, hatte er sich dem Studium der Psychologie gewidmet und danach mit Hilfe von zwei reichen Freunden und großzügiger Darlehen auf dem Bonner Venusberg die private Klinik Dr. Mondmann gegründet. Es war eine kleine, offene Psychiatrie. Die meisten Klienten aber verließen das Haus nicht, sondern blieben lieber in der kleinen geschützten Welt auf dem Venusberg. Da hatten sie ihre Ruhe, konnten ihren Neigungen nachgehen und wurden von den Problemen da draußen verschont. Der offene Vollzug, wie Mondmann es manchmal scherzhaft nannte, hatte große Vorteile, was Verwaltungsaufwand und Sicherheit betraf. Gefährlich war niemand. Die Patienten waren alle gutmütig und man konnte sie, ohne sich große Sorgen zu machen, frei laufen lassen. Auch Christoph C., der sich an einem Schaf vergangen hatte, gehörte dazu. Seitdem er alleine schlafen durfte, war nichts mehr zu befürchten.

Eine ältere Dame setzte sich zu Mondmann, obwohl noch andere Tische frei waren. So etwas passierte ihm öfter. Mit seinen runden Backen bekam sein Gesicht etwas freundlich Einladendes wie bei einem chinesischen Buddha. Bei den Augenbrauen, die er sich oft glatt strich, standen einzelne Härchen trotzdem immer hoch und erinnerten, wozu auch die runden Gläser der Brille beitrugen, an den Ausdruck einer Schleiereule. Die Kleidung ging eher in Richtung schludriger Künstler. Hemdknöpfe waren manchmal falsch zugeordnet, die Strumpffarben links und rechts konnten um Nuancen voneinander abweichen. Strumpfpaare neigten zur Vereinzelung, und so kombinierte er, wenn er nach dem Waschen nur einen Strumpf fand, wenigstens die Farben halbwegs passend. Das Wort ‚Bügeleisen' kannte er nur aus dem Lexikon. Bügeln war für ihn ein absurder Vorgang. Seht her! Wie mein Hemd bin auch ich selbst glatt und faltenlos. Wer gebügelte Hemden oder Hosen trug, war selbst gebügelt und signalisierte, dass er keine Schwierigkeiten machen würde. Jedenfalls keine offenen. Hinter dem Rücken schon eher. „Traue keinem Gebügelten", hatte er manchmal halb im Scherz gesagt. Und wenn es das gäbe, dass man sich auch das Gesicht bügeln könnte, er hätte es nicht getan. Mit den Jahren kamen eben die Falten. Er hatte viele vom Runzeln der Stirn und um die Augen viele vom Lachen. Die Falten gehörten dazu. Mit 65 Jahren hatte man sie sich redlich verdient. Auch wenn er Vorträge hielt, wie jetzt in Mainz, achtete er nicht wie die meisten seiner Kollegen auf ein so genanntes seriöses Auftreten. Einmal war er sogar morgens in Pantoffeln in seine Klinik gefahren, hatte, da er immer irgendwelchen Gedanken nachhing, schlicht vergessen in die Schuhe zu steigen. Den Patienten war es nicht aufgefallen. Die hatten andere Sorgen, als einem auf die Füße zu gucken.

Mondmanns Klinik hatte eine Besonderheit. Es wurden nur Männer aufgenommen, die an einer

Ehe oder Beziehung gescheitert waren und dadurch den Verstand verloren hatten. Anfangs hatten seine Freunde den Kopf geschüttelt über diese Spezialisierung. „Das funktioniert nie", hatten sie gesagt. „Dann bleiben die meisten Zimmer leer. Das ist der programmierte Bankrott."

„Gut", hatte er eingelenkt. „Dann fangen wir normal an. Jeder, egal mit welchen Problemen und welchen Geschlechts, kann kommen. Und dann sehen wir weiter. Zeigt es sich, dass meine Spezialisierung kein Hirngespinst ist, dann darf ich dazu übergehen, nur noch den besagten Klientenkreis aufzunehmen. Euch kann es ja egal sein, wer die Zimmer füllt und den Gewinn abwirft. Mir ist es nicht egal. Meine Intuition sagt mir, dass die Spezialisierung ein Erfolg wird."

Und tatsächlich, nach nur fünf Jahren war es ihm gelungen, eine reine Männerklinik zu leiten, eine frauenlose Oase, wo nur Beziehungsgeschädigte therapiert wurden. Die Zimmer der Klinik waren alle belegt. Es gab sogar lange Wartezeiten. Er hatte eine profitable Nische entdeckt in der Welt der psychischen Störungen. Dem weiblichen Element, das für soviel Unruhe gesorgt hatte, mochten seine Schäfchen dann später wieder begegnen und besser damit fertig werden. Dass er bei diesem erlauchten Patientenkreis auf das Mondmannsche Gesetz gestoßen war, musste zwangsläufig so sein und war eigentlich kein Wunder.

Die einzige Ausnahme, was Frauen in der Klinik betraf, gestattete er sich selbst. Frau Gabriel war eine humorvolle, vitale, ältere Dame, die sein

Sekretariat leitete und alles regelte und managte. Sie organisierte Termine, überwachte die Buchhaltung und erledigte alle Büroarbeiten, die in der Klinik anfielen, im Alleingang. Das kostete sie manche Überstunde, die Mondmann aber großzügig honorierte. Mit diesen Überstunden kam sie auf 4000 Euro Netto im Monat, und zu Weihnachten gab es noch einmal ein dreizehntes Gehalt. „Sie sind mehr wert als all diese hoch dotierten Manager", hatte Mondmann zu ihr gesagt. „Aber wenn ich Ihnen auch Millionen gebe, kommen wir in die roten Zahlen."

Hildegard Gabriel amüsierte sich über den frauenlosen Betrieb. Bei einer Tasse Kaffee hatte sie ihn einmal gefragt: „Warum machen Sie das so?"

„Damit die Kerle endlich einmal Ruhe haben und zu sich selbst finden", hatte er geantwortet.

„Sie wollen sie den Frauen ganz entwöhnen?"

„Ach was! Ich will sie nur immunisieren."

„Immunisieren?"

„Ja. Was bekommen Sie, wenn Sie von einer Kobra gebissen werden."

„Ein Serum."

„Eben. Ein Gegengift. Gut dosiert. Und genau das mache ich hier."

„Sie sollten die Kerle lieber dazu bringen, an ihren Beziehungen zu arbeiten."

„Arbeiten? Ist die Liebe ein Steinbruch, wo man sich abrackern muss?"

3

Vom Bonner Bahnhof ließ er sich mit einem Taxi den Venusberg hoch bringen, erreichte seine Klinik, der Pförtner verbeugte sich: „Guten Morgen, Herr Dr. Mondmann!" Als er unten den Gang durchschritt, um in sein Büro zu kommen, das zugleich auch Beratungsraum war, hörte er von einem der hinteren Zimmer jemanden rufen: „Mondmännchen kommt!" Solche Begrüßungen kannte er. Wie er an seinen seltsamen Nachnamen gekommen war, wusste er nicht. Er hatte noch keine Ahnenforschung betrieben. Bei Namen wie Müller, Schmied, Schuster, Bäcker war die Herleitung einfach. Da waren die Vorfahren solide Handwerker gewesen. Was seinen Namen betraf, hatte es in der Ahnengalerie wahrscheinlich jemanden gegeben, der schlafwandelte und bei Vollmond auf dem Dachfirst herumturnte.

Was die Patienten beziehungsweise die Gäste, wie er sie nannte, riefen, war nicht respektlos gemeint, sondern eher liebevoll. Der Psychiater wurde wegen seiner ruhigen, empathischen Art zuzuhören geschätzt. Darin sah er auch die wesentliche Aufgabe der Psychologie. Er war wie ein Beichtvater, dem seine Schäfchen alles erzählten. Er machte keinen Stress. Den gab es draußen in der Welt genug. Da ging es eigentlich verrückt zu. In seiner Klinik weniger.

Seine vornehmste Aufgabe sah Mondmann darin, Therapeut zu sein. Dass er damit auch Geld verdiente, war ein schöner Nebeneffekt. Zunächst ging es darum, seine Klienten wieder in Balance zu bringen. Dazu halfen in einem ersten Stadium Medikamente und Gespräche. Bei den Gesprächen war es das Zuhören ohne kluge Ratschläge oder gar moralisches Fingerheben. Bei den Medikamenten kamen in aller Regel sanft sedierende Arzneien zum Einsatz bis hin zum homöopathischen Kügelchen, bei dem sich selbst mit dem sensibelsten Chromatographen keine Wirksubstanz mehr nachweisen ließ. Die Pharmaindustrie verdiente an Mondmann nicht viel. Denn nach seiner Überzeugung wurden erst die Medikamente produziert und dann die passende Krankheit dazu erfunden. So hatte er zum Beispiel die Wechseljahre der Frau immer für ein Märchen gehalten, mit dem die Konzerne Milliarden scheffelten. Mit den teuren Hormonen, die geschluckt werden sollten, war nicht nur der Profit gewachsen, sondern wahrscheinlich auch die Rate an Brustkrebs. Dem Pförtner der Klinik hatte er deshalb eingeschärft: „Bitte keinen Besuch von Pharmavertretern!"

In einem zweiten Stadium ging es Mondmann darum, seine Klienten so zu stärken, dass sie als selbstbewusste und unabhängige Persönlichkeiten die Klinik verließen. Das war der schwierigste Teil. Denn aus dem umhegten Bereich der Klinik mussten sie wieder zurück ins so genannte Leben und sahen sich wieder dem Wahnsinn gegenüber, der sie zu Mondmann gebracht hatte.

Einen beträchtlichen Teil des eigenen Gewinns investierte er deshalb in sein therapeutisches Programm. Oder besser gesagt: er investierte nicht, er verschenkte. Um seine Patienten zu stärken, wenn sie eine gewisse Balance wieder erreicht hatten, bot er ihnen an, sich an Selbstständigkeit zu gewöhnen, mit sich selbst klar zu kommen. Dazu hatte er in Andalusien, in den Bergen von Sayalonga, eine Finca gekauft, wo ein Patient kostenlos für ein paar Wochen oder gar Monate allein leben konnte. Von der Terrasse sah man in der Ferne das Mittelmeer, der Blick ging über Olivenhaine, nachts war der Himmel mit Sternen übersät und am Tag brachten Sonne und das helle Licht des Südens eine heitere Stimmung. So hatte es sich Mondmann gedacht. „Genießen Sie endlich einmal das Alleinsein!" hatte er gesagt. Wobei er das Wort akzentuiert in drei Teile zerlegte. „All-Ein-Sein. Fühlen Sie sich wieder vertraut mit der Natur, dem Universum und sich selbst! Um zu Zweit sein zu können, müssen Sie erst das Alleinsein lernen." Aber nicht jeder Patient nahm dieses Angebot an. Bei manchen war die Angst vor der Einsamkeit zu groß. Ein anderes Programm war, seine Schäfchen auf den Jakobsweg zu schicken. „Drosselt das Tempo! Entschleunigung!" war sein Motto. War jemand geselliger Natur, schlug er den viel belaufenen Hauptweg, den Camino Francés vor, der von den Pyrenäen durch Spanien nach Santiago de Compostela führt. Neigte jemand eher zum Einzelgang, dann empfahl er den einsameren Camino Primitivo, der von Oviedo durch das asturische Bergland und dann durch Galicien zum Grab des Apostels Jakobus geht. Mondmann bot an, die Pilgerschaft zu finanzieren. Auf die mühselige Wanderung ging nur jeder Vierte ein. Auf der Finca zu sitzen und sich die spanische Sonne auf den Bauch scheinen zu lassen, war beliebter. Die meisten lebten nach der

Entlassung eine Zeit lang alleine, fingen dann eine neue Beziehung an, kamen dank der Mondmann-Therapie besser damit klar. Die Rückfallquote war gering. Wenn überhaupt jemand zum zweiten Mal bei ihm auftauchte, dann mit den Worten: „Es war so schön bei Ihnen."

Ganz umsonst war das spanische Abenteuer allerdings nicht. Mondmann bat um einen inneren Bericht, wie er es nannte. Seine Klienten sollten ihre Gefühle und Erlebnisse entweder aufschreiben oder sie ihm erzählen. Bei der mündlichen Wiedergabe saß er dann mit einem Diktiergerät dabei, zeichnete alles auf. So hatte er selbst Material für Forschungsberichte, die er fleißig veröffentlichte. Damit genügte er seinem therapeutischen Ethos, gewann auf dem Feld der Wissenschaft an Ehre und Bekanntheit und machte seine Klinik zu einem begehrten Aufenthaltsort.

„Du kannst ja mit deinem Gewinn machen, was du willst", hatten seine Freunde anfangs gesagt. „Aber wäre es nicht besser, du würdest sie nach Bangkok schicken statt auf den Jakobsweg oder diese einsame Finca?"
„Nein", hatte Mondmann entgegnet. „Dann sehe ich sie nie wieder und bekomme keine Berichte mehr."

4

Um Punkt elf erschien der erste Patient. Ein Neuer. Er hatte sich auf einem Rangierbahnhof auf die Gleise gelegt, vorher aber noch einen Waggon besprüht. „Crizzy, ich liebe dich!" Zum Glück kam auf dem Gleis kein Zug. Neben dem Mann, Geburtsdatum 1964, lagen eine leere Flasche Whisky und eben die Spraydose. Ein Arbeiter hatte ihn am Morgen gefunden, die Polizei gerufen. Die fackelte nicht lange. Ab in die Psychiatrie. Nicht zu Mondmann, sondern in eine offizielle. Bei dem Mann handelte es sich um einen unverheirateten Studienrat, der sich ein paar Tage später in die private verlegen ließ.

„Nun erzählen Sie mal!" meinte Mondmann nach der Begrüßung freundlich. „Wo drückt denn der Schuh?"

Der Neue setzte sich nicht, wie Mondmann ihn aufgefordert hatte, sondern trat ans Fenster, blieb dort stehen.

„Ich bin der Weg und das Leben", sagte er.

„So. Sie kennen also die Bibel."

„Die Bibel? Nein. Crizzy hat das gesagt. Meine Freundin. Sie ist selber der Weg und das Leben."

„So? Behauptet sie von sich."

„Ja. Sagt sie allen Ernstes."

„Und Sie glauben das?"

„Ich weiß es nicht. Manchmal glaube ich es und dann wieder nicht. Sie bringt mich um den Verstand."

„Langsam. So schnell geht das nicht. Sie ist Ihre Freundin? Seltsamer Name übrigens. Christa, Christiane?"

„Nein. Crizzy nenne ich sie, weil sie einen Schuss hat, crazy ist. Aber Crazy darf ich natürlich nicht sagen. Da habe ich es zu diesem Kosenamen umgeformt."

„Aha. Wie zeigt sich denn dieser so genannte Schuss?"

„Sehr komplex. Sie führt Gespräche mit Gott, hat viele Vorleben gehabt, war zum Beispiel Hildegard von Bingen und eine der Ehefrauen Karls des Großen."

„Muss Sie doch alles nicht berühren. Dann spinnt sie eben. Lassen Sie ihr den Glauben doch."

„Tu ich ja. Im Prinzip ist mir egal, was sie glaubt. Aber sie schwankt zwischen heißer Liebe und kalter Ablehnung. Das macht mich ganz verrückt. Und wissen Sie, manchmal glaube ich sogar, sie verhext mich. Sie kann Matrix und hawaianisches Hooponopono oder wie immer das heißt."

„Hmm. Eigentlich harmlos. Sie wohnen zusammen?"

„Nein. Sie will, dass ich den Schuldienst an den Nagel hänge und mit ihr eine Olivenfarm bei Savona kaufe."

„Savona?"

„Norditalien. Ligurien. Ich hätte 40 000 Euro Abstand an die vorherigen Pächter zahlen müssen. Die habe ich nicht und außerdem auch keine Ahnung vom Olivenanbau. Ich hatte nur 12 000 Euro in Reserve. Davon habe ich mir dann ein Auto gekauft, hatte bis dahin keins. Und prompt bekomme ich eine vorwurfsvolle SMS. ‚Du hast mich gegen ein Auto eingetauscht. Die Nummer hatte ich noch nicht.' Danach wollte sie dann nach Südfrankreich oder nach Spanien, nach Málaga. Eine Woche später schlägt sie Portugal vor. Ein Bauernhäuschen an der Algarve. Und dann steht plötzlich der Mittelrhein wieder hoch im Kurs. Wir haben schon ganz Europa durch."

„Sie weiß also nicht, was sie will", stellte Mondmann fest, „verlangt das aber von Ihnen."

„Könnte man so sagen. Sie verlangt immer was von mir."

„Beispiel?"

„Nun ja. Sie meint, ich trinke zuviel. Ich soll völlig trocken bleiben. Das ganze Jahr über. Kein Bierchen mehr am Abend, kein Glas Wein. Was hat man denn da noch vom Leben? Vor allem, wenn man täglich sein Fell in die Schule tragen muss."

„Hmm. Mal ehrlich. Wieviel trinken Sie denn? Mir können Sie das ruhig anvertrauen."

„Nun ja. Kann schon vorkommen, dass ich mir mal die Kante gebe. Aber dann mache ich keinen Blödsinn, schlafe einfach ein."

„Aha. Nun gut. Anderes Thema. Wie ist das denn bei Ihnen mit dem Sex, wenn ich etwas Intimes fragen darf?"

„Ziemlich komisch. Manchmal wochenlange Eiszeit, dann fünfmal am Tag. Nur am Tag. Das macht mich auch verrückt."

„Und in der Nacht?"

„In der Nacht? Nichts. Wir schlafen getrennt. Ich schnarche. Sie ist sehr geräuschempfindlich. Wenn im Nachbarhaus der Kühlschrank anspringt, schreckt sie auf. Sie ist überhaupt sehr eigen und sensibel. Kauft nur Bio, isst kein Fleisch. Nur bei

Fisch macht sie eine Ausnahme, verschlingt ihn wie eine Meerjungfrau."

„Meerjungfrau?" fragte Mondmann. „Die leben von Fisch?"

„Weiß ich nicht. War nur so eine Vorstellung. Von irgend etwas müssen die im Meer ja leben. Nur Algen wäre öde."

„Nun denn. Gut. Aber was haben Sie gegen Bio? Ist doch sehr vernünftig von ihr."

„Mag sein. Aber waren Sie schon mal im Urlaub in Spanien mit einer Frau, die nur Bioprodukte will?"

„Nein. Warum?"

„Weil Ihnen das die ganzen Ferien verleidet. Statt im Meer zu baden durchforsten Sie unentwegt Supermärkte nach Bioprodukten, die man in Spanien kaum findet. Und bei dieser Suche haben Sie eine schimpfende Frau neben sich."

„So schlimm wird das ja nicht sein", wiegelte Mondmann ab. „Sie raucht und trinkt nicht?"

„Sie raucht wie ein Schlot. Eine nach der anderen. Und trinken tut sie auch... allerdings weniger als ich."

Der Mann hatte die meiste Zeit zum Fenster hinausgeschaut. Jetzt drehte er sich um, fragte: „Darf ich denn hier rauchen?"

„Selbstverständlich", antwortete Mondmann. „Wir sind in meinem Haus und unter uns. Hier gibt es keine grünen Frauen, die einem alles vermiesen." Er holte ein silberfarbenes Etui aus seinem Jackett, stand auf, ließ den Deckel aufspringen, bot seinem neuen Patienten eine Zigarette an. „Schonen Sie Ihre Packung. Nehmen Sie von meinen."

Es war ein kleines Etui, auf dem Deckel mit orientalischen Ornamenten verziert. Genau zehn Zigaretten passten hinein. Das war die tägliche Dosis, mit der Mondmann zu überleben hoffte. Er gab dem Studienrat Feuer, zündete sich selber eine Zigarette an, holte einen Aschenbecher vom Schreibtisch, stellte ihn auf die Fensterbank, blieb neben seinem Patienten stehen.

„Wie lange geht die Geschichte mit Crizzy schon?" fragte er.

„Vier Jahre."

„Sie ist so alt wie Sie?"

„Acht Jahre jünger. Sie ist im Juli 42 geworden. Eine Löwin. Ein Feuerzeichen."

„Und davon kommen Sie nicht los?"

„Nein. Sie ist schön, erotisch, aber eine Zicke hoch fünf. Übrigens malt sie auch, hat Ausstellungen. Tadeln Sie ein Bild, dann spuckt sie wie ein Lama."

„So so. Weiß sie überhaupt, wo Sie jetzt sind?"

„Nein. Soll sie auch nicht wissen. Oder meinetwegen doch. Aber bitte keinen Besuch."

„Warum nicht? Wir sind eine offene Klinik. Sie können mit ihr in ein Restaurant gehen."

„Nein, nein!" Der Studienrat schüttelte den Kopf. „Ich möchte endlich loskommen. Es reicht. Ich werde ihr schreiben und das Amulett zurückschicken."

„Welches Amulett?"

Der Mann fingerte an einem schwarzen Lederband, das er um den Hals trug. Ein münzgroßes, silberfarbenes Amulett kam zum Vorschein mit einem fein getriebenen Schriftzeichen.

Mondmann sah es sich genau an. Er kannte es. Diese schlangenförmigen Linien, als habe man zufällig ein Seil auf den Boden geworfen. Es war Sanskrit und das Zeichen für Liebe.

„Sie wissen, was es bedeutet?" fragte er.

„Keine Ahnung. Sie hat es mir geschenkt und weiß es wohl selber nicht. Wissen Sie denn, was das ist?"

„Ja. Es ist Sanskrit. Das Zeichen für Liebe. Das können Sie nicht so einfach zurück schicken. Sie müssen es persönlich überbringen und etwas dazu sagen."

Der Mann schüttelte den Kopf. „Das kann ich nicht. Dann geht alles wieder von vorne los." Er überlegte eine Weile, streifte sich das Lederband über den Kopf. „Darf ich es hier lassen? Es bringt mir kein Glück." Mit diesen Worten legte er das Amulett auf die Fensterbank.

„Wie Sie wollen", meinte Mondmann. „Vielleicht überlegen Sie es sich noch. Ich lege es solange in meine Schreibtischschublade. Und morgen erzählen Sie mir mehr von sich und dieser Crizzy."

5

In der darauf folgenden Nacht hatte Mondmann einen merkwürdigen Traum. Eigentlich träumte er nie oder nur wenig. Zumindest erinnerte er sich am Morgen nicht mehr an die Szenen und Bilder. Aber dieser Traum war deutlich und wie eingebrannt.

Er war in irgendeiner Stadt. In welcher wusste er nicht. Er wusste auch nicht, in welchem Land. Plötzlich kam eine Art Prozession. Eine Sänfte wurde vorbei getragen. Innen sah er eine Frau, ganz in blaue Seide gehüllt und mit einem Kopftuch wie eine Inderin. Vier Männer trugen die Sänfte. Ein fünfter ging mit einer Schelle voran, bimmelte und rief „Crazy Crizzy, Crazy Crissy!" Ein seltsamer, forschender Blick traf ihn aus dem Inneren der Sänfte. Und da sah er an der Tür jene schlangenförmigen Linien, das Sanskritzeichen für Liebe.

Als er von dem Traum wach wurde, strich er sich mit der Hand über die Stirn, als wollte er die Bilder wegwischen. Draußen war es noch dunkel. Er blickte auf die digitalen Leuchtziffern des Radioweckers neben sich auf der Kommode. Halb fünf. Schlafen konnte er nicht mehr. Er stand auf, sah im zu grellen Licht des Badezimmers sein müdes Gesicht im Spiegel, schüttelte verwundert den Kopf. So früh war er noch nie aufgestanden. Er bereitete sich einen Kaffee, trat hinaus auf die Terrasse des Hauses, rauchte die erste Zigarette des Tages. Das Haus lag im Bergischen, in einem kleinen Dorf in der Nähe von Lohmar. Es war eine ehemalige Bauernkate, am Hang gelegen, mit einem kleinen Garten und einer überdachten Terrasse. Er hatte es vor zwanzig Jahren, als die Klinik die ersten größeren Gewinne abwarf, gekauft und mit frischem Fachwerk restaurieren lassen. Die sechs Zimmer hätten auch für zwei Personen gereicht oder noch mehr, aber Mondmann wollte seine Ruhe haben, unabhängig sein. Keine Frau sollte ihm auf dem Kopf herumtanzen. Was daraus werden konnte, sah er ja bei seinen Patienten.

Das Haus lag in Nähe der Einflugschneise des Köln-Bonner-Flughafens, was Mondmann aber nicht störte. Flugzeuge waren für ihn die Engel des 21. Jahrhunderts. Wenn man sich vom deutschen Herbstnebel und diesen ewig grauen Wintertagen verabschieden wollte, trugen sie ihn in nur ein paar Stunden auf die Kanaren, wo er sich, wann immer möglich, die Winterzeit verkürzte. Eine Vertretung für die Klinik zu finden, war kein Problem. Geld war genug da. Mit der Bezahlung konnte er großzügig sein.

Gegen fünf schwebten mit blinkenden Lichtern die ersten Maschinen herein. Im Osten erschien ein früher Streif der Morgendämmerung. Es war Mitte August, zu kühl für die Jahreszeit. Er hatte sich einen Pullover übergezogen, einen Schal umgelegt.

Der Traum beunruhigte ihn. Er bemerkte, ein größeres Interesse an dieser Crizzy zu haben als an seinem neuen Patienten. Auch das Sanskritzeichen ging ihm nicht mehr aus dem Sinn. Und da fiel ihm plötzlich ein Satz ein, den ihm eine Patientin vor vielen Jahren einmal gesagt hatte. „Ihr könnt so klug sein, wie ihr wollt. Wenn ihr von der Liebe keine Ahnung habt, wisst ihr nichts." Mit dem ‚ihr' waren wohl die Psychologen gemeint und die ganze Schar der Ratgeber und Helfer der Seele. So etwas Ähnliches, wie er sich jetzt erinnerte, stand wohl auch im Korintherbrief des Apostels Paulus. Mondmann hatte den Satz damals mit einem

28

Achselzucken abgetan. Es war besser, sich den Verstand zu bewahren als in Liebesfallen zu tappen und nicht mehr herauszufinden. Die Kritik an der Psychologie, wie sie seine Patientin indirekt geäußert hatte, fand er nach dreißig Jahren Berufserfahrung allerdings nicht unberechtigt. Mit übertriebenem Sarkasmus stellte er manchmal sogar fest, dass man sich das Studium hätte sparen können. Den Patienten zuzuhören reichte meist schon. Und sie mit Medikamenten wieder auf die Spur und in Balance zu bringen hatte man nach ein paar Wochen gelernt. Einem Patienten mit Fachtermini seinen Zustand beschreiben zu können war überflüssig. Die Doktorarbeit damals hatte ihm auch nicht weitergeholfen, außer dass man nun vor dem Namen einen Titel führen durfte. Wozu eigentlich? Um zu zeigen, dass man kompetent war? ‚Die Koinzidenztheorie bei Jung‘ war der Titel der Arbeit gewesen. Dreihundert Seiten. Richtig zu erklären war das von Jung, einem Schüler Freuds, entdeckte Phänomen nicht. Man konnte es nur beschreiben. Koinzidenz war der Zusammenfall von Außen und Innen. Ein Ereignis, das sich jeder Rationalität entzog. Eine Patientin erzählt Jung, dass sie von einem goldenen Scarabäuskäfer geträumt hat. Und genau in dem Moment, als sie das erzählt, fliegt ein goldener Käfer an die Scheibe der Jungschen Praxis. Das war Koinzidenz.

Der Himmel an diesem kühlen Morgen im August wurde heller, begann zu leuchten. Er war wolkenlos. Kondensstreifen höher fliegender Maschinen zeigten sich, überschnitten sich zu einem Muster, verloren nach einer gewissen Zeit ihre Kontur, ihren geraden Verlauf, verschwammen zu Wellen. An einem der Punkte, wo sich oben am Himmel mehrere Linien überschnitten hatten, sah er das Sanskritzeichen. Daneben stand, im Morgenlicht noch deutlich zu erkennen, die Sichel des Mondes.

6

Um neun saß Mondmann wieder an seinem Schreibtisch, studierte die Akte des neuen Patienten. Diesen Begriff benutzte er übrigens nie, auch nicht Klient oder Therapiebedürftiger, sondern sprach stets von seinen ‚Gästen' und auch von seinen ‚lieben Gästen'. Konrad Vogel hieß der Neue, Studienrat am Bonner Beethoven-Gymnasium, keine Vorgeschichte mit Krankheiten, keine besonderen Auffälligkeiten, eine scheinbar normale Biographie. Bis eben auf diese seltsame Nacht auf den Gleisen. Mondmann hatte ihm Haloperidol verordnet, ein Hydroxybenzoat, das beruhigte und zugleich die Sucht nach Alkohol dämpfte. Es war nicht gerade eine Granate unter den Psychopharmaka, aber auch nicht unbedenklich. Das Medikament schien ihm notwendig, um den Patienten ruhiger und gelassener zu machen und auf dieser Basis den Konflikt mit Crizzy zu verarbeiten und zu klären. Eine Wiederholungsgefahr, dass der Studienrat sich noch einmal auf die Gleise legte oder andere Methoden einsetzte, schloss er aus. Sehr entschieden und glaubhaft schien Konrad Vogel Crizzy hinter sich lassen zu wollen. Aber ganz sicher konnte man sich bei solchen Geschichten nie sein. Der Liebeswahn war unberechenbar. Ob Vogel gewusst hatte, dass auf dem Gleis kein Zug fuhr? Dann wäre seine Handlung ein Protest gewesen. Aber wie sollte Crizzy davon erfahren? Er verwarf den Gedanken. Der Studienrat hatte offensichtlich Ernst machen wollen. Aus Verzweiflung, Depression. Vielleicht auch, um Crizzy zu bestrafen, ihr Schuldgefühle zu vermitteln. Aber wie, wenn die Tat gelungen wäre, sollte sie davon erfahren? Hatte er ihr vorher eine SMS geschickt? „Bye, bye, Crizzy. Ich liebe dich. Aber ich weiß nicht mehr weiter und nehme mir jetzt auf dem Rangierbahnhof bei Bonn das Leben. Auf dem Waggon mit dem roten Graffiti steht mein letzter Gruß." Die Zeitungen hätten von dem Fall kaum berichtet. Dazu geschah das zu häufig. Selbst die Deutsche Bahn ließ sich nur noch zu lakonischen Mitteilungen verleiten. „Person auf den Gleisen", hieß die übliche Durchsage, um Verspätungen zu entschuldigen.

Um elf, genau wie gestern, erschien der Klient. Wieder bevorzugte er stehend den Platz am Fenster, schaute mehr hinaus, als dass er Mondmann ansah. Der Psychiater ließ ihn gewähren. Bei ihm konnte man sitzen, stehen, liegen. Und wäre jemand auf dem Kronleuchter herumgeturnt, hätte er sich das belustigt angeschaut.

„Ich erkläre Ihnen, was wir heute vorhaben", eröffnete Mondmann das Gespräch. „Sie sagen mir alles, was Ihnen zu Crizzy einfällt. Lassen Sie Ihren Gedanken und Assoziationen freien Lauf. Ich werde aber zuerst ein paar Fragen stellen. Es geht mir um Ihre Einstellung zu dieser Beziehung, um Ihre Wahrnehmung. Sie sollten Frieden schließen mit sich und mit Crizzy. Wenn Sie wütend auf sie sind so wie gestern noch, dann ist das wie ein Bumerang. Sie kommen nie von ihr los. Hass und Vorwurf sind die falschen Ratgeber. Später entscheiden Sie einfach, ob sie die Beziehung wirklich beenden oder mit neuen Einsichten einen neuen Versuch starten wollen. Das liegt ganz bei Ihnen."

„Einen neuen Versuch?" Vogel verzog das Gesicht, als habe er in eine Zitrone gebissen. „Vergessen Sie's!"

„Nun gut. Gab es einen konkreten Anlass an diesem Tag. Ich meine, als Sie dann abends zum Rangierbahnhof gefahren sind?"

„Natürlich. Ich befürchtete, dass Crissy mal wieder Schluss machen wollte. Das hat sie im letzten Jahr fünf Mal gemacht, aber nach ein paar Wochen wieder neu angefangen. An diesem Tag, wir saßen abends bei ihr im Garten, klang das viel bedrohlicher, was sie sagte. Sie müssen wissen, sie ist sehr eloquent und sie hat auch einen IQ von 140."

„140? Ein Ausnahmewert. Wer hat ihn gemessen?"

„Sie selbst. Mit einem Test im Internet."

„Sie waren dabei?"

„Nein. Sie hat mir nur davon erzählt."

„Nun gut. Was also hat sie an diesem Abend gesagt oder gemacht?"

„Sie teilte mir mit, dass ich ihren ‚Mind', wie sie sich ausdrückte, nicht mehr berühre. Sie hätte kein Interesse mehr, keine Gefühle. Ich sei ihr zu gewöhnlich, nicht entwicklungsfähig. Von sich selber sagte sie bei dieser Gelegenheit, sie sei der Weg und das Leben. Ich wüsste das nicht zu schätzen und hätte die Konsequenzen daraus zu ziehen."

„Sie haben ihre Worte ernst genommen?"

„Ja und nein. Ich vermutete, dass sie einen anderen Mann kennen gelernt hatte. Crizzy hat viele Verehrer. Einmal hat sie gemeint, wenn sie wollte, würde sie an jeder Ecke jemanden finden. Auf einen wie mich sei sie nicht angewiesen."

„Hmm. Sie waren also auch eifersüchtig?"

„Ja. Wenn Crizzy unterwegs ist, weiß man nie, was passiert. In dieser Hinsicht hat sie mich immer unruhig gemacht. Sie hat mir öfter vorgeworfen, ich langweile sie."

„Langweilen? Sie? Bei Ihren Turbulenzen? Die Dame braucht offensichtlich den Thrill, die Spannung." Mondmann stützte sich mit den Ellenbogen auf dem Schreibtisch ab, faltete die Hände zusammen, runzelte die Stirn. „Klingt nach einer Femme fatale, die einfach macht, was sie will. Sehr extravagant. Das wird einem leicht zum Verhängnis. Und nach dem Abend im Garten sind Sie dann zum Rangierbahnhof gefahren? Von wo übrigens?"

„Von Aachen. Da wohnt sie. Unterwegs habe ich mir an einer Tankstelle noch eine Flasche Whisky besorgt."

„Und das Spray für das Graffiti?"

„Ist eine Dose mit Sprühlack. Habe ich immer im Auto, um Kratzer auszubessern."

„Gut. Etwas anderes. Wie haben Sie Crizzy kennengelernt? Zufall, Suche im Internet?"

„Zufall. Ich sehe mir gerne berühmte Kirchen an. An einem Nachmittag, vor vier Jahren, es war irgendein Wintermonat, war ich in Aachen, im Aachener Dom. Ich wollte mir den Reliquienschrein Karls des Großen ansehen. Wegen der Sternenstraße, die darauf zu sehen ist. Nach dem Besuch des Doms bin ich nach nebenan in den ‚Domkeller' gegangen. Das ist ein Szenelokal. An diesem Nachmittag war ich allein an der Theke. Dahinter war Crissy. Sie arbeitet dort. Sie hatte einen Kopfhörer auf, hörte offensichtlich Musik. Wir kommen ins Gespräch. Ich erzähle vom Dombesuch, vom Reliquienschrein und dem Oktagon. Da sieht sie mich etwas schelmisch an, meint, dann sollte ich doch auch einmal hineinhören. Sie zieht den Kopfhörer ab, stülpt ihn mir über. Es war keine Musik. Es waren ‚Gespräche mit Gott'. So hieß die CD. An die Worte erinnere ich mich nicht mehr. Ich bin mehr visuell veranlagt, muss lesen können. Nun ja, jedenfalls sage ich „Sehr interessant". „Wenn Sie wollen, können Sie noch mehr davon hören", meinte sie. So fing das an. Eine Woche später bin ich dann wieder nach Aachen gefahren, dieses Mal das Wochenende über bei ihr geblieben. Auf die ‚Gespräche mit Gott' bin ich nicht gut zu sprechen. Sie hat mich damit malträtiert. Stundenlang, wir lagen nebeneinander im Bett, musste ich mir das anhören. Und Wehe, ich drohte einzuschlafen! Dann rammte sie mir den Ellenbogen in die Seite und rief empört: ‚Du schläfst etwa? Weißt du nicht, dass du zu diesem Wachstum verpflichtet bist?' Sie können sich ja vorstellen, was ich lieber wollte."

„Sicher. Das wäre natürlich. Haben Sie überhaupt etwas von diesen Gesprächen mit Gott behalten?"

Vogel schüttelte den Kopf. „Nicht viel. Irgend etwas vom fünffachen Pfad der Freiheit. Ach ja, und dann kam einmal die Frage an Gott, ob es zu viel Sex geben kann."

„Interessant. Und die Antwort?"

„Nein. Natürlich nicht. Genießt alles, aber braucht nichts! Jemanden zu brauchen sei der beste Weg um eine Beziehung abzuwürgen."

„Sehr klug. Wie heißt Crissy eigentlich richtig?"

„Maya. Maya Romero. Ein portugiesisches Feuerwerk. Der Vater ist aus Portugal, die Mutter Deutsche."

„Maya. Ein schöner Name", warf Mondmann ein. „Musikalisch. Kommen wir zu dem assoziativen Teil. Sie sagen mir jetzt einfach Worte, Begriffe, meinetwegen auch ganze Sätze, die Ihnen zu Crissy einfallen. Drehen Sie sich zu mir um, schließen Sie die Augen. Zuerst möchte ich die angenehmen, positiven hören. Denken Sie nicht an Crissy, sondern an Maya."

Konrad Vogel hielt sich an die Anweisung, drehte sich vom Fenster weg zu Mondmann, schloss die Augen. Nach ein paar Sekunden begann er: „Süß, floral, sehnsüchtig, schön, grazil, lustig, warm, groß, schlank, ästhetisch, beweglich, überraschend, duftend, verschmelzend, romantisch, empfindsam, sensibel, großzügig, mitfühlend, feminin, klug, sexy…"

Mondmann hatte rasch mitgeschrieben, sich die Begriffe auf einem Zettel notiert. „Stopp!" sagte er. „Reicht. Jetzt die weniger schönen."

„Verwirrend, flatterhaft, Zick-Zack, chaotisch, fordernd, einfordernd, nervend, anstrengend, verletzend…"

Mondmann unterbrach ihn. „Verletzend? Nennen Sie ein Beispiel!"

„Nun ja, ich kann nicht immer so, wie sie Lust hat. Dann schimpft sie, droht mir mit einem Jüngeren. Ich wäre wohl in die Jahre gekommen, sollte aufpassen."

„Hmm. Verstehe. Das geht unter die Haut." Der Psychiater ging die notierten Begriffe durch. „Was meinen Sie übrigens mit ‚floral'?"

„Die Kleidung. Sie bezieht ihre Sachen von einer Mainzer Modedesignerin, lang fallende Kleider nach Hildegard von Bingen. Da dürfen Sie sich aber nichts Altbackenes drunter vorstellen, sondern es ist ein anmutiger, floraler Stil. Trägt sie natürlich nicht immer. Aber wenn, sieht sie hinreißend aus. Sie behauptet übrigens, in einem früheren Leben Hildegard von Bingen gewesen zu sein. Sie weiß alles darüber, kennt sogar den Ort der ersten Klause, den die Archäologen vergeblich suchen."

„Kennt? Wie das denn?"

„Sie hat ihn mir gezeigt. Es ist eine Stelle auf einem Berg an der Nahe. Es ist am südlichen Hang, an einer Mauer mit einem Rosenstrauch."

„Hmm. Sie glauben das?"

„Ja. Sie hat an dieser Stelle mit mir eine Matrixübung gemacht. Mir wurden die Knie weich und ich bin nach hinten gefallen."

Der Psychiater legte die Stirn in Falten. „Und eine der Ehefrauen Karls des Großen war sie auch, wie Sie gestern sagten?"

„Ja. Behauptet sie."

„Gut. Entzieht sich natürlich jedem Nachweis. Ja, ja, unsere Frauen werden esoterisch. Wie steht's mit der Astrologie? Sie betonten gestern so, dass sie eine Löwin sei."

„Da fährt sie voll drauf ab, studiert Horoskope, Aszendenten, Planeten, Häuser, Mondphasen und was weiß ich noch alles. Sie geht auch zur Wahrsagerin. Was das Sternzeichen betrifft, gehört sie zum Element Feuer. Ich selbst bin Wassermann, ein Luftzeichen. Crissy meint, zwischen Luft beziehungsweise Wind und dem Feuer könne es nur heftig knallen."

„Ist doch schön", kommentierte Mondmann. „Ohne Luft beziehungsweise Wind geht das Feuer aus. Crissy kann sich demnach doch gar nicht von Ihnen trennen. Deshalb kommt sie auch immer wieder. Was die Trennungen betrifft, wie macht sie das?"

„Das erste Mal war aus heiterem Himmel, noch in der Anfangszeit. Wir sitzen abends bei mir in Bonn, trinken Wein, spielen Karten. Plötzlich steht sie auf, packt ihre Tasche, sagt: ‚Ich fahre jetzt. Du siehst mich nie wieder. Keine Mail, kein Anruf, keine SMS.' Sie verlässt das Haus, setzt sich in ihren Wagen, zögert einen Moment, fährt los. Ich stehe oben am Fenster, schaue ratlos zu. Nach zehn Minuten klingelt es. Sie steht mit ihrer Tasche wieder vor der Tür."

„Was hat sie gesagt? Was war der Anlass?"

„Nun, sie hatte, als wir noch am Tisch saßen, gesagt: ‚Ich bin müde, gehe jetzt ins Bett.' Ich hatte geantwortet: ‚Dann geh schon mal. Ich bin noch nicht müde.' Das war alles. Darauf ist sie beleidigt abgezogen. Zurück gekommen ist sie, weil sie zu viel Wein getrunken hatte und fast einen Unfall gebaut hätte. Sie konnte nicht mehr bis nach Aachen fahren."

„Und dann war alles wieder in Ordnung?"

„Ja. Zwei Monate ging alles gut. Dann bekam ich eine SMS: ‚Ich hab dich sehr lieb, aber du bist für eine Beziehung nicht geeignet. Lebe wohl!'"

„Eine Achterbahnfahrt also", stellte Mondmann fest. „Das geht an die Nerven. Hatte es auch Auswirkungen auf Ihren Beruf? Der ist ja nicht gerade einfach. Was unterrichten Sie übrigens?"

„Religion und Physik. Alle Jahrgänge. Von der Fünf bis zur Dreizehn. Ach ja, Auswirkungen? Natürlich. Die ganze Sache hat mir zugesetzt, mich paralysiert. Ich habe die Arbeit nur noch mit Melissengeist durchgehalten. Morgens ein kleines Fläschchen in den Kaffee. Dann ging es so halbwegs bis zum Mittag."

„Verstehe", sagte Mondmann. „Und Crissy? Sie ist ja, wie Sie gestern sagten, gegen das Trinken."

„Ja, sie ist absolut dagegen, dramatisiert es aber. Sie war mal mit einem Schauspieler verheiratet, der es übertrieben hat. Er ist eines Tages tot an der Theke umgefallen. Sie hat davon ein Trauma."

In diesem Moment klopfte es an der Tür. „Herein!" rief Mondmann. Ein Gesicht erschien, sah sich um. „Herr Doktor, haben wir nicht jetzt einen Termin?"

„Wenn Sie bitte noch fünf Minuten warten können..."

„Was ist mit meiner Wahrnehmung?" fragte Vogel „Was halten Sie davon?"

„Der Fall ist kompliziert. Ich werde darüber nachdenken. Wir sehen uns morgen wieder. Zur selben Zeit. Machen Sie sich keine Sorgen. Wir kriegen das schon wieder hin." Er legte ihm die Hand auf die Schulter. „Kopf hoch! Sie finden noch die richtige Partnerin."

„Hoffentlich. Ach ja, Herr Doktor, eins habe ich bei den ganzen Begriffen, bei den Assoziationen vergessen."

„So? Was denn?"

„Quantensprung, Quantensprung."

„Was meinen Sie damit?"

„Crissy kann einen in den Wahnsinn treiben."

7

Mondmann saß am Abend auf der Terrasse seines Hauses, sah über das Tal der Agger, sah wieder die hereinschwebenden blinkenden Maschinen, die zur Landung ansetzten. Er hatte ein Glas Burgunder vor sich, rauchte eine der letzten beiden Zigaretten des Tages. Er dachte über seinen neuen Patienten nach, hatte vor sich auf dem Tisch den Zettel mit den Notizen liegen.

Die Sprache spiegelte die Wahrnehmung. Auf der einen Seite verherrlichte Vogel Crissy. ‚Verschmelzend'. Als ‚verschmelzend' hatte er sie unter anderem beschrieben. Crissy war die Sehnsucht seiner Seele. Der Traum von der Einheit zwischen Mann und Frau, den schon Platon in einem Mythos beschrieben hatte. Die Aufhebung der Individualisierung, der Vereinzelung. Was zwischen Mann und Frau immer nur für gewisse Phasen funktionieren mochte, aber kein Dauerprogramm war. Auf der anderen Seite lehnte er Crissy als chaotisch ab. Das war gewiss übertrieben. Chaotisch war niemand. Dieses Schwanken zwischen Verherrlichung und Ablehnung war eine Achterbahnfahrt, musste zwangsläufig zur Katastrophe führen. Wollte Vogel die Beziehung mit Crissy weiter führen, musste er seine Wahrnehmung ändern, die möglicherweise auch mit dem Alkoholkonsum zusammenhing. Vielleicht aber war es tatsächlich besser, ihn von dieser Frau zu lösen. Sonst war die nächste Katastrophe programmiert. Crissy war schwer zu durchschauen. Was sollten solche Spielchen? „Ich habe dich sehr lieb! Lebe wohl!" Fünfmal hatte sie in einem Jahr mit ihm Schluss gemacht, fünfmal wieder angefangen. Machte sie Schluss, litt Vogel. Dann kam sie wieder, und er empfing sie froh und mit offenen Armen. Bis sie wieder ging. Ihm eine lakonische SMS oder Mail schickte. So zermürbte sie ihn, übte Druck aus, führte ihn wie einen Bär am Nasenring durch die Manege. Bis er schließlich so paralysiert war, dass er sich auf die Gleise legte. War es so? War es wirklich so?

Vielleicht konnte man Vogel mit einfachen Mitteln helfen. Kalt duschen, Sport treiben, weniger Alkohol und viel Lachyoga. Dann hörte der Spuk mit Crissy auf und der Studienrat wäre stark genug, diese Liebe, die eine romantische zu sein schien, zu beenden.

Crissy mochte ein Paradebeispiel abgeben für sein, das Mondmannsche Gesetz. Um es weiter zu untermauern. Oder es zu erweitern, zu modifizieren. Hinter jedem gebrochenen Mann steht entweder eine Verrückte oder eine Femme fatal. Wobei man allerdings eine verhängnisvolle Frau ruhig in den Kreis der Verrücktheit aufnehmen konnte. Oder nicht? Da war er noch nicht sicher.

Er überflog noch einmal seine Notizen, stutzte wieder bei dem Wort ‚floral'. Eine florale Frau. Was war das? Vogel hatte es erklärt. Nicht die Frau, sondern wie sich kleidete. Nach einer Mode der Hildegard von Bingen. Mondmann konnte sich das nicht vorstellen. Eine mittelalterliche Nonne war Vorbild für Kostümdesign des 21. Jahrhunderts? Wie sollte das gehen? Er musste sich ein Bild machen davon.

Er schob das Glas Wein beiseite, stand auf, ging in sein Arbeitszimmer und fuhr den Computer hoch. Bei Google gab er die Begriffe Hildegard von Bingen und Mode ein. Er kam zur Website eines Mainzer Modestudios und fand sofort auch die floralen Kleider á la Hildegard von Bingen. Natürlich hatte die adlige Äbtissin sich so nicht gekleidet. Aber es wurde erklärt, wie es gemeint war. Es war eine betont feminine Mode und Mondmann erfuhr, dass Hildegard mit ihren Nonnen, was damals ein Skandal war, im Kloster auf dem Binger Rupertsberg in langen Seidenkleidern und mit goldenen Kränzen im Haar getanzt hatte. Von daher also die Inspiration. Bahnte sich da ein neuer Trend an? Weg von den männlichen Hosen hin zu einer anmutigen, verführerischen Weiblichkeit. Die Models auf den Fotos in ihren Kleidern á la Hildegard von Bingen sahen in der Tat hinreißend aus. Wenn Crissy ihnen ähnelte, dann war sie für den lieben Studienrat Konrad Vogel gewiss ein paar Nummern zu groß gewesen. Das war so, als wollte jemand, der nur eine Lizenz zum Segelfliegen besaß, eine B747 steuern. Da konnte man ja nur abstürzen.

Nach seinem Vortrag auf dem Mainzer Symposion war ein älterer Herr zu ihm getreten, der ein wenig zerzaust aussah und lustig, so wie Albert Einstein auf einigen Fotos. Mit hängendem Schnauzbart, weißen Haaren, klugen, lächelnden Augen. Es war eins der Gesichter, wo sich das Alter in Schönheit verwandelte. Er hatte zu ihm, zu Mondmann, gesagt: „Sehr bemerkenswert, verehrter Kollege! Aber nicht nur die Frauen, die ganze Welt ist verrückt. Kommen Sie doch einmal zu meinem Vortrag im September. Ich lade Sie herzlich ein." Er hatte ihm eine Visitenkarte in die Hand gedrückt, die Mondmann rasch überflog. ‚Dr. Max Stern, Kornelimünster'. Wo Kornelimünster war, wusste er nicht. Den Flyer, den ihm der Kollege zusammen mit der Visitenkarte überreichte, hatte er noch nicht gelesen, ihn gefaltet und in die Brusttasche seines Jacketts geschoben. Mondmann warf einen letzten Blick auf die reizvollen Mainzer Models, fuhr den Computer herunter, stand auf, ging in den Flur zur Garderobe, wo das Jackett vom Vortag hing, zog den Flyer aus der Brusttasche, las. Der Titel des Vortrags lautete: „Die Flucht vor dem Weib. Zur Pathologie des Zeitgeistes'. Der Vortrag war am 17.

September in Kornelimünster um 20 Uhr. Er las jetzt den kurzen, das Thema zusammenfassenden Text. „Eine übertrieben rationalistische Einstellung zum Leben ist eine Störung, eine Neurose. Technik, Positivismus, Rationalismus beherrschen uns heute als scheinbar typisch maskuline Elemente. Das führt zu einer Frigidität des Herzens. Immer mehr Frauen äffen die Männer nach, vergessen und verleugnen ihre Weiblichkeit, was zu einer Verarmung konkaver Eigenschaften führt. Männer fliehen vor den Frauen oder zerbrechen an ihnen. Und die Frauen selbst wandern von einer Neurose zur anderen. Das sind pathologische Zustände, die wie ein heimliches Gift mehr und mehr um sich greifen."

„Hmm", meinte Mondmann, als er den kurzen Text gelesen hatte, und runzelte die Stirn. Klang ja ganz interessant, auf jeden Fall ziemlich provozierend. Was der Kollege mit konkaven Eigenschaften meinte? Er wusste es nicht. Aber vielleicht würde er ja nach Kornelimünster fahren, sich den Vortrag anhören. Da würde es bestimmt erläutert werden.

Wo Kornelimünster lag, konnte er in den nächsten Tagen nachsehen. Bis zum 17. September waren es noch vier Wochen. Jetzt wollte er den Computer nicht noch einmal einschalten. Er ging zurück auf die Terrasse, nahm noch einen Schluck Burgunder, rauchte die letzte Zigarette. Gegen elf legte er sich schlafen und hoffte, von absurden Träumen verschont zu bleiben.

„Ich muss Ihnen noch etwas sagen", Herr Doktor, begann Konrad Vogel die dritte Sitzung. „Crissy und ich stehen in telepathischer Verbindung. Wenn es ihr schlecht geht, spüre ich es und umgekehrt ist es genauso."

Mondmann stemmte seine Ellenbogen auf den Schreibtisch, faltete die Hände zusammen, legte das Kinn darauf, atmete tief durch.

„Wer sagt, dass das so ist?"

„Crissy. Aber es stimmt."

„Sie gibt Ihnen auch eine Erklärung dafür?"

„Ja. Sie sagt, wir seien in der Akasha-Chronik des Universums verzeichnet und füreinander bestimmt. Aus meinem vergangenen Leben hätte ich zu lernen, und sie müsste mir dabei helfen."

„Sie wissen, was das ist, die Akasha-Chronik?"

„Nicht genau. Sie sagt, auf Astrallicht gedruckte Tafeln, auf denen alles verzeichnet ist. Die gesamte Vergangenheit, aus der sich auch die Zukunft ableitet. Bei ihren Astralreisen könne sie alles lesen."

„Sie glauben diesen Unsinn?" Mondmanns Stimme bekam einen genervten Unterton. Aber er hatte sich sofort wieder im Griff, fuhr in einem freundlicheren Ton fort: „Wenn das so ist, warum verhält sie sich so merkwürdig, macht in einem Jahr fünfmal mit Ihnen Schluss? Und wenn das mit der Telepathie stimmt, hätte sie sich doch melden müssen, als Sie auf den Gleisen lagen. Merken Sie den Widerspruch? Im Universum gibt es auch so etwas wie Logik."

„Sie hat sich ja auch gemeldet. Allerdings erst heute morgen."

„So? Wie?"

„Per SMS. ‚Wie geht es dir?' hat sie geschrieben. ‚Ich mache mir Sorgen.'"

„Wir hatten vereinbart, dass Sie Ihr Handy abgeben, um Ruhe zu haben. Sie haben es ja auch abgegeben."

„Ich habe zwei Handys."

„Na Bravo, Herr Vogel!" Mondmann schüttelte den Kopf. Dann sagte er in ruhigem, väterlichem Ton: „Sie wissen doch, erst müssen Sie sich wieder stabilisieren. Dazu gehört insbesondere, dass Sie Crissy für eine gewisse Zeit ausschalten. Es geht um Sie selbst, um Ihr Leben. Diese Crissy bringt es durcheinander. Sie verwirbelt Ihnen jede Struktur. Sehen Sie es doch bitte einmal so: Sie sind an eine Frau geraten, die Sie manipuliert. Sie freut sich, Macht ausüben zu können. Dazu setzt sie, nennen wir es einmal so, esoterische Mittel ein. Das ist ein Gebiet, da kann man nichts beweisen und auch nichts widerlegen. Man kann daran glauben oder auch nicht. Sie glauben daran oder sind sich zumindest nicht sicher. Damit hat Crissy Sie in der Hand. Das ist schade. Denn Sie haben ganz andere Möglichkeiten, ganz andere Perspektiven. Sie sind gerade mal fünfzig Jahre alt, haben einen guten Beruf, verdienen genug Geld, sind ein stattlicher Mann, der jede Menge Chancen bei den Frauen haben kann, mit anderen Worten: Sie haben ein ausgezeichnetes Potential. Aber Sie nutzen es nicht, sondern lassen sich statt dessen von dieser Crissy ruinieren. Glauben Sie mir, halten Sie vier Wochen durch, ohne Kontakt aufzunehmen und Sie werden sehen, dass die Welt sich verändert hat. Sie haben ja selbst gesagt, dass Sie dieses Verhältnis beenden wollen. Natürlich, ich weiß, wie schwer das ist, und ich habe ja gestern gesehen, wie sehr Sie diese Frau schätzen, verehren, wie sehr sie ihr, verzeihen Sie dieses Wort, immer noch verfallen sind. Noch einmal: Es geht um Ihr Leben. Beenden Sie diese Beziehung. Das ist der Rat, den ich Ihnen geben muss. Wir helfen Ihnen hier dabei, aber Sie müssen auch mithelfen. Und Ihre Mithilfe sieht so aus, dass Sie für eine gewisse Zeit jede Kontaktaufnahme vermeiden. Wenn Sie wollen, geben Sie mir Ihr zweites Handy. Ich verwahre es für Sie. Oder erwarten Sie wichtige Anrufe, abgesehen von Crissy?"

„Nein. Von der Schule ruft niemand an, und Sie wissen ja, ich bin alleinstehend." Der Studienrat zog ein Handy aus der Hosentasche, klappte es auf, schaltete es aus, reichte es Mondmann. Der nahm es und legte es neben das Amulett in seine Schreibtischschublade. „So, jetzt haben Sie Ruhe und müssen nicht mehr daran denken oder hoffen, dass Crissy Sie anruft. Oder haben Sie selbst…?"

„Nein. Dazu war ich nicht in der Lage. Mein Finger zittert, wenn ich die Tasten drücken will."

„Nur wenn Sie Crissy anrufen wollten?"

„Nur dann."

„Wie bekommt Ihnen das Haloperidol?"

„Gut. Es macht mich ruhiger, aber auch etwas müde."

„Und unsere Programme hier? Was machen Sie am liebsten?"

„Die literarische Runde."

„Und Malen?"

„Weniger gern. Ich kann nicht malen."

46

„Müssen Sie auch nicht. Geben Sie Ihren Empfindungen Ausdruck mit Farben oder irgendwelchen Formen."

„Das ist doch keine Kunst."

„Sie sollen ja auch kein zweiter Van Gogh werden. Wie sieht es mit der Musik aus? Sie spielen ein Instrument?"

Vogel schüttelte den Kopf. „Nein. Noch nicht einmal Xylophon."

„Und rhythmisches Trommeln?"

„Kann ich versuchen."

„Ich empfehle es Ihnen. Seit einem Jahr haben wir hier auch einen Karaokeraum, unsere neueste Errungenschaft", sagte Mondmann nicht ohne Stolz. „Da können Sie singen, trällern, eigene Texte komponieren, ganz wie Ihnen zu Mute ist. Traurige Lieder, fröhliche, fetzige. Da lassen Sie Ihrer Seele freien Lauf. Es gibt im Haus auch einen Vocal Coach, der Sie einweist in die Geräte und Sie stimmlich berät. Endlich einmal zu singen und zu trommeln würde ich Ihnen besonders ans Herz legen."

„Werde ich mir mal ansehen", meinte Vogel. „Ich hoffe, der Raum ist schalldicht."

„Selbstverständlich. „Darf ich Ihnen auch noch einen weiteren Vorschlag für Ihr therapeutisches Programm machen?"

„Bitte!"

„Nehmen Sie an unserer Lachyoga teil. Halten Sie es nicht für kindisch oder albern. Glauben Sie mir, es befreit. Den Geist und auch den Körper."

„Lachyoga?"

„Ja. Einfach lachen. Egal über was. Kann auch nichts sein. Einfach lachen und entspannen. In

Ihrem Fall schlage ich vor, dass Sie dabei an Crissy denken."

„Hmm. Ich werde es versuchen."

9

Als der Studienrat gegangen war, nicht ohne noch ein paar aufmunternde Worte mit auf den Weg bekommen zu haben, trat Mondmann selbst ans Fenster, strich sich mit der Hand über das Kinn, murmelte „ein schwieriger Kandidat". Ein Antirauchprogramm oder eine Befreiung von Höhenangst wäre leichter durchzuführen als diesen Mann von dieser Märchentante zu lösen. Vielleicht half ja als letztes Mittel eine Hypnose, um ihn zu entmagnetisieren. Wissenschaftliche Psychologie contra manipulative Esoterik.

Oder war vielleicht doch etwas dran an dieser seltsamen Esoterik? Mondmann war ehrlich genug, sich einen leisen Zweifel einzugestehen. Am Wert der Wissenschaft beziehungsweise an ihrem Wahrheitsgehalt oder besser an ihrem umfassenden Wahrheitsanspruch. Diese Zweifel hatte er schon seit einigen Jahren gehabt, aber sich nie besonders damit beschäftigt. Jetzt, durch die Aktualität der Ereignisse, schien es ihm dringend notwendig, dringender notwendig als je zuvor, die Phänomene, die rings um ihn waren, zu verstehen. Was konnte man vom Lauf der Welt schon verstehen? Ein paar Kleinigkeiten nur, die sich beweisen ließen. Sonst nichts und vor allem nichts, wenn es um die so genannten eschatologischen Fragen ging, um die

Fragen nach dem ‚Woher?' und ‚Wohin?'. Unmöglich, das musste er zugeben, war nichts. Hätte er zum Beispiel seinem Urgroßvater früher erzählt: „Hey, du musst ja gar nicht ins Stadion gehen, um das Fußballspiel anzuschauen. Ich übertrage dir die Bilder ins Wohnzimmer. Da kannst du es dir gemütlich machen." Der Urgroßvater hätte ihn ausgelacht, ihm den Vogel gezeigt. „Du bist ja verrückt! So etwas gibt es nicht. Du Spinner!" Heute aber war die Übertragung von Bildern eine Selbstverständlichkeit, ein Wunder, das jeder für normal hielt. Oder man hätte Goethe erzählen müssen, dass man in zwei Stunden von Weimar nach Rom fliegen kann. Er hätte gelacht und gesagt: „Unmöglich. Das schafft niemand." Heute ist das eine Selbstverständlichkeit. Oder man stelle sich so einen Zauberkasten vor, das Radio, aus dem Musik kommt oder aus dem jemand spricht. Zur Goethezeit hätte man gesagt: „Das geht nicht. Das gibt es nicht." Und so gibt es eine ganze Reihe von Erfindungen, die man früher für unmöglich gehalten hätte. Aber in den menschlichen Fragen, den religiösen, ethischen, philosophischen war man noch nicht weiter gekommen. Man war da genauso klug oder dumm wie vor ein paar tausend Jahren. Und warum sollten nicht im Bereich der Seele Dinge möglich sein, die man jetzt noch für unmöglich hielt, die es aber gab, die existierten. Phänomene, die einen verwunderten, über die man den Kopf schüttelte und die dennoch irgendwie real waren.

Die Akasha-Chronik: Zu beweisen war sie nicht, zu widerlegen auch nicht. Man mochte sie für ein Hirngespinst halten, für eine Spinnerei. Aber konnten sich im Universum nicht Dinge ereignen, konnte es da nicht etwas geben, was absolut unerklärbar war, was man nicht wusste, nicht sah, mit dem normalen Verstand nicht wahrnahm, sondern nur mit der Intuition, was immer das auch sein mochte. Für die Intuition gab es keine psychologischen Regeln. Das war ein Chaos, das sich nicht erklären ließ, sich der Nachweisbarkeit entzog. Vielleicht gab es ja bei besonders sensiblen Menschen eine Stelle, eine Institution, die wie ein Empfänger auf so genannte ASW, auf außersinnliche Wahrnehmung ansprach und sie deutete und las. Die etwas empfing, was die meisten, die Masse, nicht empfangen konnte. Und konnte es nicht sein, dass Crissy diese seltene Begabung besaß? Mondmann musste zugeben, sich da nicht ganz sicher zu sein. Während seines Studiums hatte er Wert gelegt auf Wissenschaft, auf Beweisbarkeit, Plausibilität. Verifizieren nannte man das. Aber war die Wahrheit nicht umfassender als die Wissenschaft? Die konnte stets nur einen Bruchteil erklären. Und hinter einer gelösten Frage taten sich tausend neue auf.

Die seltsame Verfallenheit von Konrad Vogel war mit einfachen Modellen zu beschreiben. Er jagte einem Traumbild nach, einer fixen romantischen Idee. Aber konnte es nicht auch einfach sein, dass ein universales Gesetz, das viel, viel tiefer und weitreichender war, über ihm und Crissy hing? War das auszuschließen? Vielleicht wusste und empfand Crissy ja mehr von diesen universalen Gesetzmäßigkeiten, für die es keine Beweise gab.

Schrödingers Katze fiel ihm ein. Schrödinger war ein Quantenphysiker. „Meine Damen und Herren! Sie sehen hier in diesem Kasten eine Katze. Wenn Sie hingucken, ist sie weg. Gucken Sie weg, ist sie da." Das war absurd, aber entsprach der Wahrheit der Quantenphysik. Und wer mochte diese bezweifeln? Schrödingers Katze war so absurd, dass auch der kluge Einstein den Kopf geschüttelt hatte. „Solche Unbestimmtheiten sind Unsinn. Gott würfelt nicht." Vielleicht war ja die Akasha-Chronik so etwas wie Schrödingers Katze. Astrallicht? Was sollte das sein? Aber warum sollte es nicht etwas geben, was schneller war als das Licht? Das Licht legte in der Sekunde etwa 300 000 Kilometer zurück. Astrallicht aber mochte schneller sein, nämlich allgegenwärtig. Es hatte keine Geschwindigkeit mehr. Es war einfach überall da. Und sprach nicht tatsächlich ein besonderes Phänomen für das Vorhandensein dieser Chronik? Nämlich das allbekannte Erlebnis des déjà vu? Sicher, auch das konnte man rational wegdiskutieren, erklären als eine Einbildung. Aber was, wenn es gar keine Einbildung war?

Mondmann hatte früher auch an seiner eigenen Doktorarbeit gezweifelt, an jener Koinzidenz nach Jung. So etwas konnte es doch nicht geben. Das war nicht erklärbar. Und dennoch war er von dem Thema fasziniert gewesen, von einem Phänomen, das nicht zu erklären war. Offensichtlich gab es in der Welt Dinge, die sich dem Verstand entzogen. Man konnte sie Geheimnis nennen. Das bessere Wort dafür war Mysterium.

10

Während Mondmann noch einmal über Schrödingers Katze nachdachte, über dieses seltsame Phänomen der Quantenphysik, blickte er auf den Parkplatz der Klinik. Es war gegen Mittag. Ein kirschroter Mini-Cooper, ein Cabrio, kurvte dort herum, suchte eine Lücke. Bis auf die Stellplätze für das Personal war jedoch alles besetzt. Nur ein Parkplatz, reserviert für das Personal der Psychiatrie, war noch frei. Mondmann kannte weder den Wagen noch die Frau, die am Steuer saß. Er wusste nur, dass sie nicht zum Personal gehörte. Die Frau steuerte den freien Platz an, schaltete den Motor ab, stieg aus. Sie hatte kastanienbraune Haare, die in der Sonne mit einer Spur von Gold zu schimmern schienen. Sie war groß, schlank, trug eine weiße, kurzärmelige Bluse über Stretch-Leggings mit Leopardenmuster. Die Füße steckten in orange und gelb schimmernden Stiefeletten. Der Wagen parkte nur zwanzig Meter vom Praxisfenster entfernt. Mondmann konnte das Kennzeichen lesen. AA – MR 1972. Die Frau ging jetzt auf den Eingang der Klinik zu. „Hat er doch telefoniert!" murmelte Mondmann. Die Frau konnte nur Crissy sein. Der Wankelmut gehörte offensichtlich zum menschlichen Leben dazu.

Er eilte aus seinem Zimmer, ging raschen Schrittes den Gang entlang zur Loge des Pförtners. Dort war die Frau gerade schon angekommen, fragte den Pförtner irgend etwas. Mondmann trat hinzu. „Frau Romero?" fragte er. Die Frau blickte auf, sah ihn erstaunt an. „Ja." Er schaute in ein hübsches, ebenmäßiges Gesicht, das von zwei grünen, strahlend klaren Augen beherrscht wurde, bemerkte den dezenten Hauch eines angenehmen, sinnlichen Parfüms.

„Sie wollen zu Herrn Vogel?"
„Ja."
„Dann bitte ich Sie, vorher in mein Büro zu kommen. Da gibt es zuerst einiges zu bereden. Ich bin der Direktor des Hauses und betreue auch Ihren Freund."

Sie zögerte, schien zu überlegen, folgte ihm dann aber durch den Gang zu seinem Raum. Mondmann öffnete die Tür, bat sie herein. „Bitte nehmen Sie Platz!" Er zeigte nicht auf die Sitzecke mit dem Couchtisch, sondern auf den Sessel, der vor seinem Schreibtisch stand. Crissy setzt sich, lehnte sich zurück, schlug das rechte Bein über das linke, sah ihn erwartungsvoll an. Mondmann stellte sich ans Fenster, so wie Konrad Vogel es immer getan hatte.
„Was ist mit ihm?" fragte sie.
„Er hat Ihnen erzählt, was passiert ist?"
„Er will sich einer Therapie unterziehen, um seine Süchte in den Griff zu bekommen."
„Ja. Möglich. Aber er wollte sich das Leben nehmen. Er hat sich auf einem Bonner Rangierbahnhof auf die Gleise gelegt. Zu seinem Glück kam in dieser Nacht kein Zug."
„Auf die Gleise?" Mit einem Schwung stellte Crissy die rechte Stiefelette wieder auf den Boden, beugte sich vor, hatte die Augen zu schmalen Schlitzen zusammengekniffen, hielt die Hand vor den Mund, nahm sie wieder weg, strich sich über das Haar, sagte: „Nein!"

„Doch. Er sagt, es hätte mit Ihnen zu tun, mit verschiedenen Konflikten. Wir müssen ihn erst wieder stabilisieren. Ihr Besuch kommt jetzt etwas unglücklich. Deshalb habe ich Sie zu mir gebeten, um darüber zu reden. Sie waren verabredet?"

„Ja. Wir haben heute morgen telefoniert, halb eins ausgemacht. Sie wussten, dass ich komme?"
„Nein. Ich habe Ihren Wagen gesehen, das Kennzeichen. Das kann man hier vom Fenster aus gut."

Er blickte auf den Parkplatz, wie um zu beweisen, dass er das tatsächlich erkennen konnte. In diesem Moment sah er einen Mann aus der Klinik eilen. In Höhe des Mini-Coopers verharrte er einen Moment, dann ging er raschen Schrittes weiter, lief sogar ein paar Meter, verschwand auf der Straße, die vom Venusberg hinab in die City führte. Es war Konrad Vogel.

Mondmann schüttelte den Kopf. „Offensichtlich will er sich nicht mit Ihnen treffen. Er ist gerade in die Stadt gegangen."

Crissy stand auf, trat zu ihm ans Fenster, sah hinaus. Aber Vogel war nicht mehr zu sehen. Sie nahm ihr Handy, drückte Tasten, hielt das Telefon ans Ohr. Nach einer Weile bemerkte sie: „Idiot! Er hat mal wieder abgeschaltet." Sie fuhr sich mit der rechten Hand durch die Haare, setzte sich, sah Mondmann an. „Dieser Feigling. Das macht er immer, wenn es kritisch ist."

„Er sagt, es sei oft kritisch", bemerkte Mondmann. „Sie hätten allein im letzten Jahr fünfmal mit ihm Schluss gemacht."

„So ein Unsinn! Ich habe nur gesagt, ich will ihn nicht mehr sehen, wenn er immer abhaut. Wissen Sie, bei der kleinsten Kritik, die man an ihm äußert, verschwindet er einfach. Er wird still, schweigt, wartet, bis ich ins Bad gehe oder in den Garten und haut dann ab nach Bonn in seine Wohnung oder was weiß ich wohin. Einmal ist er sogar aus dem Fenster geklettert. Er will einfach nicht zuhören, lässt sich nichts sagen."

„Hmm", meinte Mondmann. „ist ja gut, auch einmal die andere Seite zu hören. Mir schildert er den Fall ganz anders. Seine Jeremiade, seine Jammerei scheint mir recht einseitig zu sein."

„Das glaube ich Ihnen. Natürlich verschweigt er alle seine Unarten. Und Sie glauben gar nicht, was der Kerl alles drauf hat."

„So? Was denn?"

„Ich weiß gar nicht, wo ich anfangen soll. Erstens ist das ein fürchterlicher Morgenmuffel. Gegen fünf allerdings knurrt er wie ein Hund, kommt zu mir ins Bett gekrochen und, nun ja, wenn wir einmal bei diesem Vergleich sind, wedelt mit dem Schwanz. Es stört ihn nicht, dass ich schlafen will. Er ist sexsüchtig, glaubt dass ihm eine Frau immer zur Verfügung zu stehen hat. Dass man auch erobert und eingestimmt werden will, kommt ihm nicht in den Sinn."

„Sie schlafen getrennt?"

„Natürlich. Er schnarcht wie drei Sägewerke. Ich bin da empfindlich, komme nicht zur Ruhe. Manchmal stehe ich auf, sehe nach ihm. Das ist immer, wenn er zu viel getrunken hat. Dann liegt er da wie im Koma, hat Atemaussetzer. Ich denke, er ist tot."

Sie fuhr fort, ließ jetzt ihrer Empörung freien Lauf: „Er trinkt einfach zu viel, kann es nicht lassen, dann lallt er ins Telefon, schreibt unsinnige SMS oder Mails. Man meint, man hat es mit einem Verrückten zu tun."

„Aber er ist nicht aggressiv."

„Nein. Manchmal sogar richtig süß und lustig. Aber das ist ja kein Zustand für eine Beziehung."

„Und was missfällt Ihnen sonst noch?"

„Er legt sich oft, wenn er müde ist, in voller Montur ins Bett, nur die Schuhe zieht er aus. Ist das etwa Kultur? Er ist zu faul oder zu geizig, sich einen Schlafanzug zu kaufen. Und wasserscheu ist er auch. Ich muss ihn immer überreden, endlich einmal zu duschen. Dann sagt er, der liebe Gott habe ihm keine Flossen gemacht. Sonst wäre er ein Fisch geworden. Und regelmäßig gibt es Kämpfe wegen der Toilette. Er soll sich hinsetzen, sage ich, und nicht im Stehen herumspritzen. Das ist mein Klo."

„Er hält sich daran?"

„Ja. Aber widerwillig. Und glauben Sie nicht, dass dieser Typ irgendeine Ordnung kennt. Er lässt alles stehen und liegen, wie er es benutzt. Aber wenn er kocht, ist es himmlisch. Das muss ich ihm zugestehen."

„Sind das nicht alles reparable, behebbare Kleinigkeiten?" fragte Mondmann. „Daran dürfte eine Beziehung doch nicht scheitern."

„Ja. Schon. So sehe ich es auch. Aber er will sich einfach nicht daran halten. Das macht ein

Zusammenleben unmöglich. Man reibt sich im Alltag auf. Es geht nicht."

Crissy zögerte einen Moment. Dann fuhr sie fort: „Und wissen Sie, schlimmer ist seine geistige Unbeweglichkeit. Er ist unsensibel, stumpf. Er will nicht wahrhaben, dass wir uns beide weiter entwickeln müssen. Das ist ein universales Gesetz. Rede ich davon, dann sieht er mich nur gelangweilt an und schweigt. Er sitzt meistens nur rum, trinkt, raucht."

„Sie lieben ihn trotzdem?"

„Ich weiß es nicht mehr. Aber wir kennen uns aus einem vorigen Leben und haben gewisse Fehler wieder gutzumachen."

„Die Akasha-Chronik? Ich habe davon gehört. Es ist etwas Unbeweisbares."

„Haben Sie schon mal einen Gedanken gesehen?" antwortete sie. „Nein. Bezweifeln Sie, dass es Gedanken gibt? Nein."

Als er die Akasha-Chronik erwähnte, hatte sie die Augenbrauen gehoben, ihn überrascht angesehen, sich mit der rechten Hand wieder durch das Haar gestrichen. Der Ärmel ihrer Bluse war dabei bis zum Schulterrand hoch gerutscht. Oben am Arm, am Schulteransatz, das hatte er gesehen, war eintätowiert die Sichel des Mondes.

11

Er hatte sie nach dem Gespräch hinausbegleitet bis zum Parkplatz. Als sie nebeneinander durch den Gang der Klinik gingen, fragte sie unvermittelt: „Warum lächeln Sie?"

„Ich lächle?" hatte er zurückgefragt. „Ist mir nicht bewusst gewesen."

Draußen auf dem Parkplatz stand jemand hinter ihrem Mini-Cooper und notierte etwas.

„Bekomme ich jetzt ein Protokoll?" fragte sie ärgerlich.

„Nein, nein", antwortete Mondmann. „Das ist nur einer meiner Gäste, Gregor Kaplan, er sammelt Autokennzeichen. Ein trauriger Fall. Wissen Sie, er ist Mathematikprofessor. Eines Tages kommt er aus der Vorlesung. Seine Frau ist weg, hat ihm die Kennzeichen seines Autos abmontiert und mitgenommen. Warum, weiß niemand. Vielleicht, damit er sie nicht mit dem Wagen verfolgen kann. Nun ja, in der nächsten Vorlesung schreibt Kaplan nur sein Autokennzeichen an die Tafel, macht daraus eine Differentialgleichung und kritzelt damit die Tafel voll. Seitdem sammelt er in ganz Bonn Autonummern und addiert die Ziffern. Da können Sie sehen, welche Macht eine Frau über einen Mann haben, wie sehr sie ihn aus der Bahn werfen kann."

„Wenn Sie mich damit meinen, vergessen Sie's. Ihr Kerle habt doch alle einen Schuss", hatte sie geantwortet und war in ihren Mini gestiegen. Er sah ihr nach, wie sie in flottem Tempo davonfuhr.

Irgend etwas beunruhigte und faszinierte ihn zugleich. Da fiel es ihm wieder ein. Crissy erinnerte ihn an Carla Ratjada, an die seltsame Episode einer einzigen Nacht. Das war jetzt zehn Jahre her. Er war im November für einen kurzen Urlaub, für eine Woche nur, nach Mallorca geflogen, um nicht den deutschen Nebel, sondern endlich wieder Sonne zu sehen. In Palma hatte er sich am Flughafen einen Wagen gemietet, einen kleinen, roten Fiat und war damit in die Bucht von Cala Vinyas gefahren, in die Bucht der Weinberge. Der romantische Name, Bucht der Weinberge, war Unsinn. Es gab keine Weinberge, sondern nur den Beton einiger Hotels und Appartementhäuser. Und ein paar Bars. Von der Terrasse seines Hotels aus hatte er allerdings einen zauberhaften Ausblick auf die Bucht von Palma de Mallorca. Die Terrasse entschädigte für die Hässlichkeit der Umgebung. Am Morgen sah er dem Sonnenaufgang zu, wenn die Sterne verblassten und die Göttin der Morgenröte aufstieg und den Horizont in einen zarten Schleier fasste. Eine Felseninsel vor dem Hotel hatte in der Morgendämmerung die Silhouette eines gestrandeten Wals, bis die Sonne als glühender Ball aus dem Meer auftauchte und das Rosagrau des Morgens in das gleißende Licht des Tages überging.

Eines Abends war er in den Nachbarort gefahren, nach Magaluf, hatte sich dort am Strand in eine Bar gesetzt, ein Glas Wein getrunken. Die Frau am Nachbartisch hatte ihn interessiert angesehen und er sie auch. Sie war groß, schlank, blond und einfach schön, sah aus wie Sharon Stone und hatte eine verdammt attraktive Figur, die sie durch ein weißes Strandkleid zur Geltung brachte. Die braun gebrannten Füße steckten in roten Sandaletten. Sie mochte etwa zehn Jahre jünger sein als er, und er wunderte sich, dass solch eine Frau alleine saß und sich dann auch noch für ihn zu interessieren schien. Als sie dann wieder einmal zu ihm hinüber sah, lächelte und sich mit der Hand die Haare zurückstrich, da hatte er seine Bedenken beiseite geschoben und sich zu ihr gesetzt. Sie schien darauf gewartet zu haben. Der Rest war erstaunlich einfach, was ihn eigentlich gewarnt haben sollte. Aber da hatte er auch schon sein drittes Glas Wein getrunken und kannte keine Bedenken mehr. Der liebe Gott hatte ihm ein süßes Geschöpf zugeführt. Warum sollte er das nicht genießen? Sie waren zusammen zu seinem Hotel gefahren. Sie war Deutsche, und sie konnten sich gut unterhalten.

Die Nacht war warm und sternenklar und gerne war er auf ihren Vorschlag eingegangen, die Treppe neben dem Hotel zum Meer hinunterzugehen. Baden konnte man dort unten nicht. Die Küste war felsig. Es gab allerdings flache Plateaus. Der Abstand bis zum Wasser betrug gerade mal einen Meter oder noch weniger. Sie hatten sich hier ausgezogen, gevögelt. Mondmann fand es himmlisch, vorne eine süße Frau zu spüren und von hinten den warmen Wind auf der Haut. Als er wieder aufgestanden war, fragte sie ihn: „Kannst du schwimmen?" – „Natürlich!" hatte er entrüstet geantwortet. Da hatte sie ihm einen leichten Stoß versetzt, der jedoch ausreichte, um ihn in die Wellen platschen zu lassen.

Er hörte sie lachen, sah, wie sie sich seine Hose griff, von dem Plateau sprang und die Treppe hoch eilte, wo oben der Wagen stand. Auto- und Hotelschlüssel waren in der Hosentasche, ebenso sein Portemonnaie. Er hörte, wie der Motor angelassen wurde und der Fiat davonfuhr. Nach ein paar Minuten hatte er eine Stelle gefunden, wo er aus dem Wasser klettern konnte. Er ging zurück zu dem kleinen Plateau, knüpfte sich statt der Hose das Hemd vor den Leib, streifte sich die Sandalen über. Es musste sehr komisch ausgesehen haben, wie er so an der Rezeption des Hotels erschien und gemurmelt hatte, eine Welle hätte ihm beim Baden die Hose weggespült mit dem Zimmerschlüssel. Am nächsten Morgen war er mit dem Taxi nach Magaluf gefahren, zur Polizei gegangen. Wenigstens den Wagen würden die ja finden können. Carla Ratjada? Der Polizist hatte den Kopf geschüttelt. „Sie sind jetzt schon der dritte innerhalb einer Woche. Davor war es in Cala Figuera und in Andratx. Seltsam, dass sie es immer unter demselben Namen macht. Den es natürlich nicht gibt. Es gibt hier nur die Bucht von Cala Ratjada. Ihr Autokennzeichen, Señor ?"

Er hatte sich das Kennzeichen nicht gemerkt. Nur zwei Buchstaben auf dem Schild, H und N. Die standen auch auf dem Anhänger des Schlüssels. „Ein roter, kleiner Fiat", sagte er nur. „Hinten klebt die Plakette der Autovermietung, ‚Record'. Der Polizist hatte genickt, weiter in seinem Computer gesucht und nach nur einer Minute kam die Auskunft. „Ist abgeschleppt worden, stand vor der Ausfahrt der Feuerwehr hier in Magaluf. Das hat sie in Figuera und in Andratx ebenso gemacht. Ist Ihnen sonst noch etwas abhanden gekommen?"

Er hatte kurz überlegt. Sollte er sie anzeigen? Nein. Lieber nicht. Dazu war das Erlebnis am Meer einfach zu schön gewesen. Und er selbst zu doof.

„Nein, sonst nichts", hatte er geantwortet. „Sie hat sich bei mir wohl nur einen dummen Scherz erlaubt."

Im Portemonnaie waren etwa hundert Euro gewesen, die Brieftasche mit den Kreditkarten hatte er im Hotelsafe aufbewahrt. Er musste das Auto auslösen, was ihn zweihundertfünfzig Euro kostete, aber das süße Gefühl Carla Ratjada im Arm gehabt zu haben, nicht minderte. Die Hose fand sich auf dem Beifahrersitz. Der Hotelschlüssel war noch in der Tasche. Die nächsten Abende war er wieder nach Magaluf gefahren und auch in andere Strandorte. Er wollte die Sünde dieser Nacht wieder sehen, fand sie aber nicht. Carla Ratjada blieb verschwunden. Für ihn war sie seitdem die Frau, die ihn ins Meer gestoßen hatte. Wahrscheinlich war sie eine jener Existenzen, die nach Mallorca ausgewandert waren und sich irgendwie durchs Leben schlagen mussten.

Bis zum nächsten Gesprächstermin hatte er noch eine ganze Stunde Zeit. Er konnte sich aber nicht entschließen, wie sonst in die Kantine zum Essen zu gehen. Statt dessen saß er an seinem Schreibtisch und dachte nach. Ihm waren Zweifel gekommen, ob Crissy ein Paradebeispiel war für sein Gesetz oder ob die Probleme nicht doch eher bei Vogel lagen. Es störte ihn auch, dass ihm die Frau sympathisch war. Das verhinderte eine objektive Analyse. Da war man voreingenommen und verbog den Befund. Er hatte ihr Bild vor Augen. Wie sie sich immer wieder mit der Hand durch die Haare strich, er sah wieder dieses schöne, fein geschnittene Gesicht und besonders war ihm die

Partie um die Augen aufgefallen. Da war unterhalb der Augenbrauen und an den Winkeln eine leicht umschattete, sehr zarte Stelle, die ihn anrührte und ihn ganz einnahm. Genau beschreiben und erklären konnte er das nicht. Ihm fiel nur der unsinnige Vergleich ein - ‚wie ein verblichenes Fresko unter einem romanischen Bogen'. Es war ein irrationales Gefühl, das in ihm den Wunsch auslöste, diese Stelle zu berühren, sanft mit der Fingerkuppe darüber zu streichen oder sie vorsichtig mit den Lippen abzutasten. Mit einem Hauch nur. Und seltsam, dass sie unterhalb der Schulter die Mondsichel eintätowiert hatte. Er erinnerte sich an seinen Traum. Waren sein Traum und das Auftauchen von Crissy wieder ein Beispiel für diese Jungsche Koinzidenz? Auch wenn zwischen Traum und Realität zwei Tage lagen?

Seltsam auch, wie Konrad Vogel auf den Parkplatz getreten war, den Mini-Cooper bemerkt hatte und dann eiligen Schrittes Richtung City gegangen, ja regelrecht geflohen war. Der Flyer mit dem Vortrag fiel ihm ein. 'Die Flucht vor dem Weib'. Mondmann machte dem Studienrat keine Vorwürfe, dass der ihm nicht die Wahrheit gesagt, nichts von dem Telefongespräch erwähnt hatte. Vogel war völlig unsicher, wie er sich verhalten, was er tun sollte. Weg von Crissy oder wieder hin zu ihr. Bis da eine endgültige Entscheidung fiel, mochten Monate, vielleicht sogar Jahre vergehen. Der Kandidat schwankte. Was bei einer attraktiven Frau kein Wunder war.

Auch bei Kaplan, dem Mathematikprofessor, der Autokennzeichen sammelte, hatte er zuerst gedacht, eine Frau stecke hinter dem Zusammenbruch. Da war er noch nicht genau über die Hintergründe informiert. Gregor Kaplan hatte bei der ersten Sitzung gejammert: „Meine Frau hat mich in den Wahnsinn getrieben." Er hatte Beispiele angeführt. „Stellen Sie sich vor, Herr Mondmann, sie hat morgens beim Frühstück die Brötchen vermessen. Es sollten immer quadratische sein. Und wehe, da waren mehr als drei Millimeter Abweichung. Dann sollte ich zum Bäcker gehen und reklamieren. Habe ich natürlich nicht gemacht. So eine dumme Idee. Ach ja, und dann hat sie morgens im Bad die Kacheln gezählt, ob eine fehle. Und den Frühstückstisch hat sie mit einer Wasserwaage auf Ebenheit überprüft. Und manchmal hat sie mir die Brille mit einem Hauch von Zahnpasta beschmiert, so dass ich dachte, ich hätte grauen Star. So etwas hält doch kein Mann aus. Oder?"

Erst als er Genaueres erfuhr, schloss Mondmann auf einen hintergründigen Humor der Frau, die einfach die Nase voll hatte von ihrem Mann. Sie hatte sich über ihn lustig gemacht. Als sie sich verabschiedete, hatte sie nicht nur die Nummernschilder am Auto entfernt, sondern auch mit Lippenstift auf die Windschutzscheibe geschrieben: „Eins, zwei, drei, es ist vorbei." Nicht sie war verrückt, sondern der von Zahlen besessene Professor, der seinen Zustand und wie er die Welt sah, gar nicht mehr mitbekam.

Mondmann hatte merkwürdige Gäste in seinem Haus versammelt. Bei allen waren Frauengeschichten im Spiel. Aber nicht bei allen konnte man sagen, dass die Frau verrückt war und einen von der Psyche her labilen Mann in den Wahnsinn geschickt hatte. Von zehn Fällen, das musste Mondmann zugeben, traf sein Gesetz nur auf sieben zu. Aber dieser Anteil schien ihm hoch genug, um eben von einem Gesetz zu sprechen.

Aus dem Raster fiel zum Beispiel auch Fritz Donrath, der Meteoritenjäger. Donrath war spezialisiert auf das Suchen und Sammeln von Meteoritensplittern. Ein Gramm dieser Milliarden von Jahre alten Boten aus dem Universum wurde mit bis zu 6000 Euro gehandelt. Donrath verfolgte weltweit Meteoriteneinschläge. Als im Februar 2013 ein riesiger Meteorit bei Tscheljabinsk im Ural einschlug, flog er hin, befragte Augenzeugen, suchte, sammelte, fand Bruchstücke mit einem Gesamtgewicht von 2,8 Kilo. Er war reich, steinreich. Würde er werden, denn Abnehmer gab es mit Museen, Forschungsinstituten und privaten Sammlern genug. Mit einer schönen Frau aus Sibirien und der kosmischen Post im Gepäck kehrte er nach Deutschland zurück. Den Meteoritenschatz verwahrte er in einer unscheinbaren Schatulle, wo er ihn für sicher hielt. Aber als er ein paar Tage im Bayrischen unterwegs war, um neues Material zu suchen und nach Hause kam, war der Fund von Tscheljabinsk weg. Die Frau hatte aufgeräumt, statt der dummen Schatulle die Steine entsorgt. Donrath rastete aus, jagte die Frau schreiend aus dem Haus, zündete das Heim an und lief jammernd durch den Ort im Bergischen, wo er wohnte. Jetzt bei Mondmann hatte er sich beruhigt, wollte sein Unglück wiedergutmachen und kehrte nach jedem Ausflug in die Stadt mit einem Säckchen wertloser

Steine zurück, die das Personal jeden Morgen entsorgte. Hinter seinem Zusammenbruch steckte laut Mondmann nicht eine verrückte Frau, sondern ein blöder Mann. Er hätte die Steine anders verwahren müssen.

Ebenfalls ein Fall von Blödheit, dieses Mal aber auf Seiten der Frau, war die Lottogeschichte. Der Mann schickt die Frau mit einem ausgefüllten Schein zur Annahmestelle, damit sie dort den Schein abgibt. Die Frau denkt, da passen ja noch jede Menge Kreuzchen rein, füllt den Schein aus, gibt ihn ab. Der wird so natürlich nicht akzeptiert. „Nur sechs Kreuzchen pro Spalte", wird sie informiert. Sie füllt einen neuen Schein aus, weiß aber nicht mehr, welche Zahlen ihr Mann getippt hat. Wie das Schicksal es will, jubelt ihr Mann bei der Ziehung der Lottozahlen. Sechs Richtige und sogar die Superzahl getroffen. Das sind ein paar Millionen Euro. Als er dann die Zahlen mit seinem Schein vergleicht, wird er blass, kippt um. Als er wach wird, ist er nicht mehr ansprechbar, redet nur wirres Zeug. Vier Monate hatte er bei Mondmann logiert, kam aber nie wieder in Laune und Lebensfreude, hatte den Verlust der Millionen nicht verwunden. Er kehrte zurück zu seiner Frau, aber ob die Ehe wieder in die Gänge gekommen war, wusste Mondmann nicht. Eher nein, vermutete er.

Blödheit, vor allem wenn sie einmalig war, zählte Mondmann nicht zu den Verrücktheiten. Ob der Fall Konrad Vogel seinem Gesetz entsprach, hätte er noch herauszufinden. Er beschloss, seinem Kandidaten auf den Zahn zu fühlen. Der Fehler in der Beziehung konnte schließlich auch bei Vogel liegen. Was die Verrücktheit bei Frauen betraf, kannte er ganz andere Kaliber.

12

So war ihm zum Beispiel der Fall Heppekausen noch lebhaft in Erinnerung. Der Mann war mit einer tiefen Depression und einem Selbstwertgefühl, das noch unter Null lag, zu ihm gekommen, hatte sich für drei Monate in der Klinik aufgehalten. Frau Gabriel hatte ihn vor dem ersten Gespräch gewarnt, gesagt: „Herr Dr. Mondmann, da kommt gleich ein ganz besonderer Kauz. Ein Möhrenfetischist. Der wird eine Sammlung der merkwürdigsten Möhren vor Ihnen ausbreiten."

„Hmm", hatte Mondmann gelassen geantwortet. „Mal sehen, was er zu berichten hat. Alles hat seine Ursache. Wie heißt er denn?"

„Hugo Heppekausen, 58 Jahre alt. Seine Frau hat ihn zu der Therapie bewegt."

„Sehr vernünftig von ihr. Anscheinend haben wir wieder eine Ausnahme von meiner Regel."

Aber es kam anders. Als Mondmann den neuen Patienten fragte: „Wo drückt denn der Schuh?" brach der in Weinen aus, schluchzte und stammelte leise: „Waren Sie schon einmal mit einer Darwinistin verheiratet? Sie wissen, was das ist?"

„Natürlich. So ungefähr wenigstens. Ihre Frau glaubt also, dass der Mensch vom Affen abstammt."

„Genau, genau!" Der Patient saß Mondmann gegenüber, hatte einen Beutel aufs Knie gelegt, hielt ihn mit der rechten Hand fest, richtete jetzt den Oberkörper auf, sprach lauter. „Ja, genau das glaubt meine Frau. Überall im Haus hängen Portraits von diesem Idioten, diesem Darwin. Sie vergöttert ihn. Sie glaubt nicht nur an seine Theorie, sie experimentiert sogar damit."

„Experimentiert? Wie das denn?"

„Sie hält sich drei Schimpansen und studiert an ihnen menschliche Verhaltensweisen."

„Sie ist Verhaltensforscherin?"

„Nein, Biologielehrerin."

„Aha. Und was ist jetzt so schlimm an den Schimpansen?"

„Sie leben mit uns im Haus. Stellen Sie sich das vor! Überall hampeln die Viecher rum, springen auf Lampen, schaukeln an den Vorhängen, hopsen über den Tisch. Und das Schlimmste: Sie dürfen in unser Bett. Meinen Sie, ich finde noch Schlaf? Die zupfen nachts an meinen Haaren, puhlen mir mit den Fingern im Ohr und tun überhaupt alles, damit ich nicht mehr dort liegen kann. Es ist die Hölle. Sie vertreiben mich. Der ganze Haushalt richtet sich nach ihnen."

„Verstehe!" Mondmann nickte voll Mitgefühl. „Das ist wirklich merkwürdig. Sie werden also sozusagen durch drei Affen ersetzt. Die edlen Geschöpfe haben auch Namen?"

„Selbstverständlich. Bruno, Jacques und Heinz. Wenn sie die ruft, wird ihre Stimme ganz weich und zärtlich."

„Hmm. Das kratzt natürlich am Selbstwertgefühl."

„Ja. Dreimal Ja. Seitdem diese Monster bei uns herumturnen, ist auch meine Firma den Bach runter gegangen. Ich musste Insolvenz anmelden."

„Firma? Was haben Sie denn gemacht?"

„Ich hatte mich auf Rolltreppen spezialisiert, mit ganz breiten Stufen, rollatorgerecht, für Seniorenheime und Wohnungen mit mehreren Etagen. Das Geschäft lief gut. Bis eben die Affen in unser Haus kamen."

„Rolltreppen?" fragte Mondmann nach. „Für Seniorenheime? Die haben doch Aufzüge."

„Ja, schon. Aber was glauben Sie, wie viele ältere Menschen eine Phobie haben, in so einen Kasten zu steigen. Außerdem sind die Knöpfe für die Etagenwahl viel zu klein. Die drücken dauernd daneben und fahren auf und ab. Da ist die Rolltreppe die bessere Lösung."

„Verstehe. Seit die Affen im Haus sind, ging es also auch mit der Firma bergab."

„Ja, Herr Doktor. Aber ich habe mich auch gegen meine Frau gewehrt. Fällt Darwins Theorie, habe ich mir gedacht, dann ist auch der Affe entwertet. Dann will sie diese Viecher nicht mehr, kümmert sich endlich wieder um mich."

„Aha! Gut, sehr gut. Und wie haben Sie das angestellt?"

„Der Zufall hat geholfen. Wissen Sie, mein Hobby ist die Gärtnerei. Ich baue vor allem Gemüse an. Das Zeug aus den Supermärkten verträgt doch keiner mehr. Das ist doch voller Gift. Also, und da habe ich auch ein ganzes Beet mit Möhren. Und als ich eines Tages ernte, ziehe ich ganz komische Exemplare aus der Erde. Die waren unten gespalten. Es sah aus, als hätten sie zwei Beine. Und oben, unter dem Strunk, saßen kleine

Ärmchen. Da kommt mir ein ungeheurer Verdacht. Ich laufe mit zwei von diesen Möhren zu meiner Frau und sage: ‚Siehst du, Darwin hat Unrecht. Der Mensch stammt von der Möhre ab. Hier, guck! So muss die Evolution verlaufen sein.' Ich strecke ihr die beiden Möhren entgegen. Sie sieht sie nur kurz an, schlägt sie mir aus der Hand. ‚Du bist ja noch blöder als meine Affen', schimpft sie. ‚Mein Gott, hätte ich das vorher gewusst, dann hätte ich so einen Trottel wie dich nie geheiratet.'"

Heppekausen atmete schwer, strich sich mit der Hand über das Haar. „Herr Doktor", fuhr er fort. „Warum soll das denn so falsch sein? Der Mensch stammt von der Möhre ab. Sehen Sie!"

Er nahm den Beutel vom Knie, schnürte ihn auf, schüttete den Inhalt auf Mondmanns Schreibtisch. Lauter seltsame Möhren lagen da. Sie sahen aus wie chinesische Ginsengwurzeln. Alle gespalten, als hätten sie zwei Beine. Manche hatten auch unterhalb des Strunks knollenförmige Ansätze.

„Ja, ja" sagte Mondmann. „Verstehe. Beinchen und Ärmchen. Aber ist das nicht nur eine Laune der Natur? Eine gewagte These, dass der Mensch von der Möhre abstammen soll."

Heppekausen schüttelte den Kopf. „Die Natur kennt keine Launen. Außerdem stimmt meine Entdeckung mit der Bibel überein. Fast überein", ergänzte er.

„Aha, interessant. Und wie?"

„Gott schuf den Menschen aus Lehm, so heißt es da. Aber da war mehr. Etwas Fortgeschritteneres. Nämlich die Möhre."

Mondmann hatte das erste Mal Mühe, das Gesicht nicht zu verziehen. Aber er hatte sich rasch wieder unter Kontrolle, bemerkte nur:

„Interessant, interessant. Wissen Sie, einer meiner Freunde ist auf dem Agrargebiet tätig, handelt mit Möhren. Ich werde ihm von der Wertsteigerung erzählen. Nun, und was Sie betrifft: Erholen Sie sich hier erst einmal und wenn Sie dann gestärkt unser Haus verlassen, stellen Sie Ihre Frau vor die Alternative. Die Schimpansen oder ich! So wie jetzt kann das natürlich nicht weiter gehen. Da haben Sie recht."

„Und?" fragte Frau Gabriel, als Heppekausen gegangen war. „Was hat es mit den Möhren auf sich?"

„Fixe Idee", antwortete Mondmann. „Seine Frau glaubt, dass der Mensch vom Affen abstammt und hält sich zu Studienzwecken drei Schimpansen im Haus. Da hat er verzweifelt nach einem Gegenentwurf gesucht und zufällig in seinem Gartenbeet Möhren gefunden, die wie Gnome geformt sind oder wie chinesische Ginsengwurzeln. Der Mensch stammt von der Möhre ab, behauptet er und sammelt seitdem Beweise."

„Was es nicht alles gibt!" Frau Gabriel schlug sich ein paar Mal mit der Hand vor die Stirn. „Meinen Sie nicht, dass der seine Frau nur veräppeln will? So etwas ist doch absurd."

„Veräppeln? Nein. Der meint das ernst. Seine Frau hat ihn mit den Affen in den Wahnsinn getrieben."

„Ich bringe Ihnen noch einen Kaffee, Herr Doktor", sagte Frau Gabriel. „Sie müssen sich jetzt erholen."

13

Verglichen mit Heppekausen schienen ihm Vogels Unarten, so wie Crissy sie ihm berichtet hatte, nicht so schlimm zu sein. Merkwürdig waren sie schon. Es war aber zu vermuten, dass hinter diesem Verhalten etwas Tieferes steckte. Das würde er herausfinden, mit der Familiengeschichte zum Beispiel. Dabei konnte man so manches entdecken, dessen sich der Patient selber gar nicht bewusst war. Wenn er Karaoke trällern wollte oder trommeln, gut, konnte er, aber es mussten noch andere Mittel heran. Am besten heute noch würde er damit beginnen, und so wartete er am Fenster. Irgendwann musste Vogel zurückkommen. Wahrscheinlich würde er erst vorsichtig auf den Parkplatz schauen, ob der rote Mini-Cooper noch da stand. Aber der war seit geraumer Zeit weg.

Gegen halb drei erschien der Studienrat und lugte zuerst, wie Mondmann vermutet hatte, vorsichtig um die Einfahrt zum Parkplatz, bemerkte, dass Crissys Wagen nicht mehr da stand, und ging nun langsam auf die Pförtnerloge zum Eingang der Klinik zu. Mondmann verließ sein Büro, kam ihm entgegen.

„Herr Vogel, ich würde Sie gerne sprechen. Sie ahnen wahrscheinlich, warum."

„Ich weiß", sagte er. „Ich hatte Besuch. Aber ich war nicht in der Lage, ihr zu begegnen. Ich will das Verhältnis wirklich beenden. Es ist besser für mich."

„Wir werden sehen", antwortete Mondmann. „Vielleicht lässt sich ja alles wieder einrenken. Bitte kommen Sie doch für eine Weile zu mir. Wir werden uns darüber unterhalten, wenn Sie einverstanden sind. Ansonsten reden wir morgen darüber."

„Nein, nein", antwortete der Studienrat. „Ich komme gerne mit. Ich freue mich, wenn ich mich mit Ihnen darüber unterhalten kann."

Sie gingen zusammen in Mondmanns Raum. Vogel stellte sich sogleich wieder ans Fenster. Der Psychiater nahm an seinem Schreibtisch Platz, lehnte sich zurück, überlegte kurz, wie er beginnen sollte. Dann sagte er: „Wir drehen jetzt einmal die Perspektive um, versuchen, alles aus Crissys Sicht zu verstehen. Mal sehen, was dabei an Einsichten kommt. Gehen wir davon aus, dass Crissy eine Frau ist, die eine im Alltag funktionierende Beziehung will. Dazu gehören selbstverständlich auch die so genannten Alltäglichkeiten. Scheinbar sind es Kleinigkeiten, aber wir wissen ja, im Laufe der Zeit kann man sich genau daran zerreiben. Der Alltag ist nun mal kein romantisches Abenteuer."

Mondmann schwieg eine Weile. Er kam sich auf einmal großväterlich vor oder wie ein Priester, der frommes Zeug von der Kanzel herab redete.

„Also, ein kleines Beispiel", fuhr er schließlich fort. „Sie kochen, und das können Sie ja verdammt gut. Sie kochen bei Crissy, lassen dann aber alles stehen und liegen, vielleicht mit einem gewissen Recht, schließlich haben Sie ja gekocht, und erwarten nun, dass Crissy hinter Ihnen herräumt. Aber wäre es nicht schöner, Sie würden auch das erledigen. Dann hätte Ihre Freundin die volle Freude und den vollen Genuss des Abends. Sie wären der vollendete Gastgeber, auch wenn Sie bei Crissy im Haus sind."

„Könnte ich machen", gestand Vogel zu. „Aber, ist das unbedingt notwendig? Das ist doch nur eine Kleinigkeit."

„Sicher", pflichtete ihm Mondmann bei. „Eine Kleinigkeit nur, indes mit großen Auswirkungen, was die Stimmung betrifft. Und aus solchen vielen, vielen Kleinigkeiten setzt sich der Alltag zusammen. Weiter ist Crissy eine Frau, die Kultur sehr schätzt. Sie sagte mir, sie mag es gar nicht, wenn Sie sich abends in voller Montur ins Bett werfen."

„Da ist doch nichts dabei", entgegnete Konrad Vogel. „Warum sollte ich das nicht tun? Da spare ich mir morgens doch das Anziehen. Sie schläft ja sowieso in ihrem eigenen Zimmer, in ihrem eigenen Bett."

„Gut, gut", meinte Mondmann. „Das ist ja nur ein weiteres Beispiel für diese so genannten Kleinigkeiten. Aber es ist schon das zweite. Weiter beschwert sie sich, dass Sie zu wenig duschen, das Wasser scheuen. Crissy mag aber einen angenehm duftenden Mann."

„Soll ich mich parfümieren?", knurrte der Studienrat. „Ich wasche mich ja ordentlich, bin aber kein Fisch, der andauernd im Wasser herumplätschert."

„Na ja", lenkte Mondmann ein, „das sind ja alles auch nur, wie gesagt, ein paar kleine Beispiele. Aber sie spiegeln Crissys Stimmungsbild. An diesen Kleinigkeiten reibt sie sich. Die Summe dieser Verhaltensweisen zermürbt den Alltag. Ein gewichtigerer Punkt jedoch scheint mir, dass Sie sich gerne Konflikten entziehen. Sie sollten sich ihnen lieber stellen, sie ausräumen. Crissy erzählte mir, dass Sie sehr rasch zur Flucht neigen. Stimmt das?"

„Ja", gab Vogel zu. „Ich vertrage einfach nicht, wenn eine Frau immer an mir herumnörgelt. Wer verträgt das schon?"

„Ich war nicht dabei", sagte Mondmann, „kann nicht beurteilen, ob es wirkliches Nörgeln ist oder nur eine paar dezente Hinweise oder Bitten sind, das Verhalten zu ändern. Aber stellen Sie sich vor, jeder Ehemann würde, sobald seine Frau die leiseste Kritik äußert, sofort abhauen. Dann gäbe es in Deutschland keine einzige Ehe mehr. Nun ja, ich habe Ihnen jetzt einige Punkte genannt, die Crissy mir gesagt hat. Belassen wir es dabei. Wichtiger scheint mir noch zu sein, wie das mit ihrer so genannten telepathischen Verbindung ist. Crissy glaubt fest daran. Sie dagegen fühlen sich dadurch manipuliert. Stimmt das so?"

„Manipuliert weniger. Verunsichert schon. Aber es scheint auch zu stimmen, was sie sagt. Jedenfalls von meinem Gefühl her."

„Hmm. Sie beklagt sich auch, dass Sie ihren Hang oder sagen wir ihre Neigung zur Esoterik nicht ernst genug nehmen. Sie fühlt sich da nicht für voll genommen, genug respektiert."

„Würden Sie das denn ernst nehmen, wenn sie sich für eine der Ehefrauen Karls des Großen hält oder dass sie früher einmal Hildegard von Bingen war? Was soll man davon halten? Glauben Sie so etwas?"

„Nein", gab Mondmann zu. „Aber da kann man ja drüber stehen. Die einen glauben eben an Mohammed, andere an Jesus und Crissy eben an die Akasha-Chronik. Wir haben ja alle etwas Irrationales."

„Sagen Sie so einfach", erwiderte Vogel „Aber wenn sie sich für eine der Ehefrauen Karls des Großen hält, dann stellt sie auch an ihren gegenwärtigen Mann gewisse Ansprüche, und ich bin nun mal nicht Karl der Große."

„Ansprüche? Welche denn?"

„Sie hält mich für einen armen, doofen Schlucker, meint, sie hätte eigentlich etwas Besseres verdient. Das setzt unter Stress und man bekommt Minderwertigkeitsgefühle. Ich kann mir nun mal kein Schloss leisten mit hundert Bediensteten. Ich bin ein mickrig bezahlter Beamter."

„Na, so schlimm ist es ja nicht", schwächte Mondmann ab. „Sie können ja gut davon leben."

„Mag sein. Aber Karl den Großen spielen kann ich davon nicht. Hinzu kommt das Astrologische. Sie sagt, als Löwin müsse ich sie verwöhnen. Sie braucht das. Außerdem, hatte ich Ihnen ja schon gesagt, dass sie einen absichtlich eifersüchtig macht. Wenn sie im Domkeller serviert, ist sie stets von irgendwelchen Kerlen umringt, die ihr große Augen machen. Sie gibt da ein Küsschen, dort ein Küsschen. Macht Ihre Frau das genauso?"

„Ich habe keine", antwortete Mondmann.

„Wenigstens ein schlauer Mensch auf der Welt", bemerkte der Studienrat.

„Schlau ist es nicht unbedingt", entgegnete Mondmann. „Das Alleinsein ist kein Zuckerschlecken. Manchmal ist da auch eine große Sehnsucht nach Gemeinsamkeit. So, ich habe Ihnen jetzt im Wesentlichen gesagt, was Crissy von ihrer Seite her einzuwenden hat. Kommen wir jetzt zu etwas ganz anderem. Wie ging es denn bei Ihnen zu Hause zu, ich meine, als Sie noch ein Kind und ein Jugendlicher waren? Haben Ihre Eltern sich vertragen? Waren sie ein Vorbild? Wie haben Sie sich damals gefühlt im Familienverband?"

„Unfrei, gefangen, kontrolliert. Den Grund kann ich Ihnen auch rasch sagen. Mein Vater war Fliegergeneral bei der Bundeswehr. Und so ging es auch zu Hause zu."

„Beispiel!"

„Nun ja, er schwärmte vom kurz geschorenen englischen Rasen. Zweimal die Woche musste ich mit dem Mäher durch den Garten und dann mit einer Schere entlang des Plattenweges die Kanten schneiden. Danach gab es den Appell. Vater in Uniform vorweg, ich mit der Schere hinterher. Er hat dann auf einzelne überstehende Halme gezeigt. Ich musste mich bücken und sie schnipp-schnapp stutzen. Es gab viele solcher Appelle. Auto waschen und wienern, Schuhe putzen, Aufgaben für die Schule überprüfen und so weiter. Er war da militärisch genau."

„Hmm. Und Ihre Mutter?"

„Nichts. Ich weiß ja, worauf Sie hinaus wollen. Es war ein patriarchalischer Haushalt."

„Sie waren Einzelkind?"

„Ja."

„Dann lastete auf Ihnen also der ganze Druck einer Erziehung zu Ordnung und Vorbildlichkeit. Richtig?"

„Durchaus. Kann man so sagen. Das hat sich erst geändert, als man mich wegen Widerspenstigkeit aufgegeben hatte."

„Aufgegeben?"

„Nun ja. Ich war der klassische Schulversager, bin auf dem Gymnasium mit acht Fünfen sitzen geblieben, sollte die Schule verlassen, eine anständige Lehre beginnen. Wobei mit der Lehre bei einem Bäcker gedroht wurde. Wissen Sie, weil die nämlich früh aufstehen müssen."

„Aha. Und dann?"

„Meine Großmutter, Gott habe sie selig, hat mit dem General geschimpft und gesagt: ‚Lass den Jungen endlich in Ruhe. Deine Kontrolle ruiniert ihn. Der bleibt jetzt auf der Schule, wiederholt die Klasse und dann werden wir sehen.'"

„Eine weise Frau!" Mondmann lächelte und nickte. „Dann haben Sie die Schule, wie man sieht, ja auch geschafft. Wie verstehen Sie sich übrigens mit Ihrem Direktor oder Ihrer Direktorin?"

„Schlecht. Ich vertrage keine Vorgesetzten."

„Logisch. Das sind die Auswirkungen von früher. Sie neigen zur Rebellion. Das erklärt auch Ihr ambivalentes Verhältnis zu Frauen. Bei Frauen werden Sie schwach, wollen ihnen gefallen, lehnen sich nach einer gewissen Zeit aber dagegen auf, sich etwas sagen zu lassen. Sie ergreifen die Flucht. Aber dann überfällt Sie der jämmerliche Zustand, ohne Frau zu sein. Sie geraten in Panik und fangen wieder von vorne an. Oder noch schlimmer, wollen ganz aufhören mit Ihrem Leben."

Vogel hob die Schultern, ließ sie wieder fallen. „Könnte so sein. Möglich."

Mondmann schüttelte den Kopf. „Eins verstehe ich nicht. Warum ergreifen ausgerechnet Sie den Beruf des Lehrers? Macht Ihnen doch keinen Spaß, in dem Verein zu sein. Oder?"

„Nein. Eigentlich nicht. Aber was soll man schon machen nach so einem Studium. Religion und Physik. Und dann werden die an den Schulen ja immer bescheuerter. Für jeden Mist Konferenzen, mehr Vorschriften, weniger Freiheiten. Und Chaos und Lärm werden immer größer. Das kriegen die nicht in den Griff. Halten uns für Automaten, die man nach Belieben gängeln kann."

„Hmm." Mondmann rieb sich mit der rechten Hand das Kinn, erhob sich aus seinem Sessel. Er holte aus der Tasche seines Jacketts das Zigarettenetui, klappte es auf, bot Vogel eine Zigarette an. Er ging zurück zum Schreibtisch, nahm einen Aschenbecher, der dort stand, stellte ihn zu dem Studienrat auf die Fensterbank.

„Was halten Sie davon, wenn wir Sie aus diesem Verein herausholen? Sie sind jetzt fünfzig. Wann wurde Ihr Vater pensioniert? Die waren doch, soweit ich richtig informiert bin, viel früher dran mit dem Ruhestand als mit 65 oder 67."

„Klar. Der ist ja auch eine Zeit lang Starfighter geflogen. Mit 45 war Feierabend. Dann noch ein paar Jährchen Bodenpersonal und Schluss."

„Sehen Sie. Die Lärmbelastungen eines Lehrers sind ja mittlerweile vergleichbar mit denen eines Starfighter-Piloten. Noch einmal: Was halten Sie davon, wenn Sie beruflich etwas anderes machen oder meinetwegen auch gar nichts?"

„Wie wollen Sie das denn anstellen?"

„Das lassen Sie mal meine Sorge sein." Mondmann sah zur Decke, blies einen Kringel und fuhr dann fort: „Sie haben sich nicht wegen einer Frau, sondern wegen des Schulstress auf die Gleise gelegt. Sie haben eine soziale Phobie, einen Tinnitus sowieso, eine Fettleber kommt zweifelsfrei hinzu und vom vielen Sitzen beim Korrigieren macht Ihr Rücken nicht mehr mit. Das geht unter anderem auch in die Beine und verursacht Polyneuropathie. Sie dürfen nicht mehr sitzen, sondern müssen viel laufen."

„Laufen?"

„Laufen. Hatten Sie mir nicht erzählt, dass Sie Crissy kennengelernt hatten nach Ihrem Besuch im Aachener Dom?"

„Ja. Was hat das mit dem Laufen zu tun."

„Sie haben sich den Karlsschrein angesehen, mit der Sternenstraße. Sie wissen, wohin die führt?"

„Nach Santiago de Compostela."

„Eben. Und genau dahin schicke ich Sie. Falls Sie finanzielle Probleme damit haben, ich übernehme die Kosten. Was meinen Sie, wie gestärkt Sie wiederkommen, wenn Sie die achthundert Kilometer geschafft haben. Meinetwegen können Sie auch von Bonn aus aufbrechen. Dann sind es dreitausend Kilometer. Was halten Sie davon? Sie beginnen, wenn Sie hier wieder halbwegs zu Lust und Laune gekommen sind."

„Und die Schule?"

„Sagte ich doch. Ich hole Sie aus dem Verein raus. Wie viele Dienstjahre haben Sie? Ich schätze zwanzig. Das reicht für eine nette Pension. Gedient haben Sie ja wahrscheinlich nicht. Das würde Ihnen sonst auch noch angerechnet werden."

Der Studienrat schüttelte verwundert den Kopf. „Jakobsweg? Daran habe ich noch nicht gedacht. Soll ich Crissy mitnehmen?"

„Um Gottes Willen! Dann kommen Sie keinen Kilometer weit. Oder von Bonn höchstens bis Sinzig. Außerdem berauben Sie sich der Möglichkeit, eine andere Frau kennen zu lernen. Am besten aber, Sie schlagen sich auch das für eine Weile aus dem Kopf und finden und stärken erst einmal Ihr Selbst. Nicht Ihr Ego! Das ist ein feiner Unterschied. Wenn Ihnen das gelungen ist, beginnen Sie ein neues Leben."

Mondmann drückte die Zigarette aus, ging zurück zu seinem Schreibtisch, setzte sich. Der Studienrat hatte ihm den Rücken zugekehrt, sah aus dem Fenster nach draußen. Eine Weile schwieg Konrad Vogel, dann drehte er sich um und sagte: „Ich werde darüber nachdenken. Vielleicht ist es ja eine Alternative."

14

Ob er das schaffen wird, überlegte Mondmann. Dieser Klient war ein Borderliner, ein Grenzgänger zwischen den Extremen. Er schwankte zwischen seliger Euphorie und tiefer Verzagtheit, zwischen Überschätzung und dem Gefühl der Minderwertigkeit, zwischen Anpassung und Rebellion, zwischen Schwarz und Weiß. Die Sehnsucht nach Liebe konnte zur Angst werden,

Heiterkeit sich von einem Moment zum nächsten in Schwermut wandeln. Die Gemütszustände waren intensiv. Gerade auch, was die Liebe betraf. Liebe und Erotik zogen ihn magisch an, mochten zunächst eine unwiderstehliche Faszination entfalten, dann aber umschlagen von der Leichtigkeit des Seins in eine tödliche Gravitation. Das hatte die Verzweiflungstat auf den Schienen gezeigt. Eine Verrückte konnte einen Borderliner leicht aus der Fassung bringen, weil er keine hatte.

Borderliner waren immer auch suchtgefährdet. Sie litten unter der Langeweile und Normalität des Alltags, fürchteten Abstumpfung und Erstarrung. Vogel half sich mit Melissengeist über den Alltag hinweg. Was den Alltag erträglich machte, aber die Funktionen störte. So katapultierten sie sich aus dem Berufsleben oder eben auch aus einer Beziehung. Hinzu kam, was eine stabile Beziehung völlig unmöglich machte, ein Don Juan–Effekt. Da dem Borderliner rasch langweilig wurde, suchte er sich nach spätestens drei Monaten eine neue Frau, um wieder den Reiz des Neuanfangs zu erleben, um wieder mal endlich seinen Traum zu finden, den er jedoch nie fand. Es war eine Spirale der Ergebnislosigkeit, der Vergeblichkeit. Man musste Frauen eigentlich vor solchen Exemplaren schützen. Nach anfänglicher Freude und Hoffnung stifteten sie nur Enttäuschung und Leid. Das waren Irrläufer der Liebe. Wenn es Mondmann gelang, sie zu therapieren oder sie wenigstens davon zu überzeugen, dass sie besser alleine blieben, dann hatte er nicht nur den Männern, sondern auch den Frauen Gutes getan.

Dass Vogel zur Rebellion neigte, war leicht zu erklären. Sein Vater war ein General gewesen, der Frau und Sohn unter seinem Kommando hatte. Er wollte sein Kind zu Gehorsam erziehen, bestimmt auch zu einer moralischen Anständigkeit und erreichte genau das Gegenteil. Da sich so ein kleiner Knirps nicht dagegen wehren konnte, wurde die Rebellion versteckt ausgeübt. Durch Bockigkeit, Lügen, Verstellen, Verheimlichen und schließlich auch völlige Verweigerung, Resignation. Das nahm man dann mit ins weitere Leben. Das Trauma dieser Kindheit musste tief sitzen, wirkte fort in Problemen mit Vorgesetzten und vor allem in Beziehungen. Eine Frau durfte Vogel nichts sagen, nichts anordnen. Dann rastete er aus, floh. Die Zeiten hatten sich geändert. Es gab keine Fliegergeneräle mehr, die ihre Frauen herumkommandieren konnten und es gab keine Frauen mehr, die sich kommandieren ließen. Das wusste selbstverständlich auch Konrad Vogel. Er hasste Vorschriften, konnte es überhaupt nicht leiden, wenn man ihn mit so etwas behelligte. Der Schulberuf war für ihn der unglücklichste von allen. Für Mondmann war klar, dass er Konrad Vogel von der Schule befreien musste. Dieser Schritt würde der leichteste sein. Der zuständige Dezernent würde sein Gutachten lesen, sich die Personalakte von Vogel heranziehen und sagen: „Na endlich. Eine Gefahr weniger für unser System."

Dass er auf Crissy gestoßen war, stellte eine weitere dramatische Begebenheit seines Lebens dar. Für einen Borderliner war eine Frau mit einem hohen IQ eine Katastrophe. Eigentlich hätte sie genau zu ihm gepasst, hätte er nur mehr Selbstvertrauen und Selbstwertgefühl. Aber statt an ihr zu wachsen und stark zu werden, ließ er sich mehr und mehr verunsichern. Er lächelte nicht über ihre Verrücktheiten, sondern rieb sich an ihnen, was seine eigene Zwiespältigkeit nur verstärkte. Der Physiker in ihm mochte den Kopf schütteln bei der Akasha-Chronik. Der Religionslehrer musste zugestehen, dass es zwischen Himmel und Erde Phänomene gab, die eben nicht rational zu beweisen und zu erklären waren. Überhaupt war die seltsame Fächerwahl schon ein Anzeichen für Borderlining. Physik und Religion. Solch eine Kombination war selten und schien widersprüchlich. Geläufiger waren doch eher Kombinationen wie Deutsch und Geschichte, Sport und Erdkunde, Latein und Griechisch, Mathematik und Physik. Oder man machte sich ein schönes Leben, unterrichtete nur Kunst und malte und töpferte nebenbei im eigenen Atelier.

Mit dem Studienrat Konrad Vogel hatte Mondmann einen Sonderfall erwischt. Jetzt konnte er sein Gesetz um eine gefährliche Variante bereichern. Verrückte trifft auf Borderliner. Das war explosiv. Genauso wie das Streichholz am Pulverfass.

Damit hier nichts explodierte, brauchte Vogel ein besonderes Programm. Die Erforschung des Borderlinings steckte zwar noch in den Kinderschuhen, aber so viel war Mondmann klar: Das Urvertrauen war gestört. Karaoke, Trommeln, Malen und Komponieren mochten zwar für Momente helfen, reichten vielleicht aber nicht an die Wurzel. Hier war eine stärkere Medizin einzusetzen. Schamanische Trommelsitzungen mussten her, um jene instinktive unerschütterliche Instanz im Unbewussten zu wecken, die sicher über Gefährdungen hinwegleitete. So wie ein kundiger Lotse ein Schiff durch gefährliche Passagen führen konnte. Den Schamanen setzte Mondmann nur in seltenen Fällen ein. Dann, wenn es galt, bei besonders Gefährdeten das innere Krafttier zu wecken, jene instinktive, im Unbewussten schlummernde Kraft, die einen für die Welt da draußen stark machte. Das innere Krafttier konnte ein Tiger sein, ein Löwe, ein Bär. Bei manchen war es auch ein listiger Fuchs. Das war auch in Ordnung und half.

Erst dann würde sein Klient für das spanische Abenteuer bereit sein. Sonst würde er scheitern, nach drei Tagen aufgeben. Ein Borderliner würde an den eigenen Erwartungen verzweifeln, an der eigenen Ungeduld. Hatte er nach drei Tagen nicht Gott gefunden oder wenigstens sich selbst, brach er melancholisch das Unternehmen ab. Dabei ging es zunächst einmal nur darum, überhaupt keine Erwartungen zu haben, sondern nur zu laufen, den Körper wieder in Form zu bringen. Am Abend so müde sein, dass man über Erwartungen gar nicht mehr nachdachte. Und dann, viel später erst, wenn dieser Zustand gesichert war, mochten alle möglichen Dinge geschehen.

15

Für die therapeutische Abteilung seines Hauses hatte Mondmann sechs Mitarbeiter. Es gab die Bereiche Kunst, Karaoke, Literatur, Kochen, Sport und Trommeln. Daneben verfügte die Klinik noch über einen beliebten Spielsaal, wo man der Leidenschaft für Poolbillard und Snooker nachgehen konnte. Mit Absicht hatte der Psychiater gerade diese Spielarten ausgesucht, denn sie förderten Meditation, Konzentration und Gelassenheit. Vor allem Snooker war ein intelligentes Spiel, bei dem man überlegen musste, was man mit dem weißen Spielball anrichtete. Wo er nach dem Stoß zu liegen hatte, wie überhaupt eine der roten oder andersfarbigen Kugeln zu versenken war und vor allem, wie man mit ruhiger Hand den Queue zu führen hatte. Wer sich lange in der Klinik und damit auch im Spielsaal aufhielt, konnte es sogar zu einer gewissen Meisterschaft bringen und die Technik des Effetstoßes lernen. Mondmann betrat diesen Saal manchmal mit den Worten: „Lasst euch nicht stören. Spielt weiter Kinder!" Diese scherzhaft gemeinten Worte hatten einen durchaus ernsten Hintergrund. Denn wer nicht zum Kind wurde, kam laut Bibel nicht in das Himmelreich.

Der Psychiater war der Auffassung, dass die Erwachsenen gesellschaftlichen Zwängen folgten und viel zu wenig spielten. Einen gewissen Teil dieser Schuld schob er auch den Frauen zu. Für einen Mann war es einfach spannender, Fußball oder Billard zu spielen statt einen Kinderwagen zu schieben. So etwas durfte man draußen in der

Öffentlichkeit nicht sagen. Aber im Hause Mondmann musste man in dieser Hinsicht kein Blatt vor den Mund nehmen. „Meine Lieben", hatte der Psychiater einmal gesagt, „den Wagen schieben geht ja noch. Aber passt auf, dass ihr demnächst nicht selber drin sitzt."

Mäßig, sehr mäßig besucht war die literarische Veranstaltung. Nur zwei Klienten verirrten sich in die Diskussion über Alice Schwarzers Einstellung zu einem Roman von Henry Miller. Sie hatten mehr Spaß an Millers Roman ,Sexus' als an Schwarzers Einstellung dazu. Mondmann, der ab und zu an den Veranstaltungen teilnahm, um die Fortschritte seiner Schäfchen zu beobachten, war das nicht entgangen. Als eine heiße Passage aus Millers Roman vorgelesen wurde, hatten die beiden Klienten andächtig gelauscht und genickt. Es ging um eine Verführungsszene in der Badewanne und am Schluss hieß es: „Nicht ein Wort wurde zwischen uns gesprochen."

„Wie schön!" hatte einer der Klienten gemurmelt. „Weiß gar nicht, was die Schwarzer dagegen hat. Man muss doch nicht unbedingt dabei reden. Quatschen können die Beiden auch noch hinterher, wenn's sein muss."

Malen, Töpfern und plastisches Gestalten waren etwas beliebter. Von den vierzig Klienten der Klinik nahmen immerhin vier daran teil und einer hatte es mit einer Plastik sogar in eine Ausstellung geschafft und sein Kunstwerk für achthundert Euro verkaufen können. Es war eine Skulptur, die den Titel trug ,Der stärkste Mann der Welt', aber nichts anderes war als ein Holzklotz, der auf einem Sockel stand. Mondmann hatte sich gewundert, dass jemand so viel Geld dafür gezahlt hatte. Beliebt war Karaoke-Singen. Die Männer hatten rasch ihre Scheu überwunden, Lieder zu trällern und hatten vor allem an fetzigen Nummern ihren Spaß. Wobei auch neue, eigene Kreationen gelangen, wie etwa ‚Hänschen klein' als Rockballade zu präsentieren. Der musikalische Bereich brachte es auf sieben regelmäßige Teilnehmer, wobei auch noch das Musizieren mit Flöte und Xylophon angeboten wurde. Die Lachyoga war in die Musik integriert. Nach jedem dritten Ton des Xylophons mussten die Männer laut lachen.

Auf ebenfalls sieben Teilnehmer kam die Kochveranstaltung. Aber erst nachdem der Kantinenmeister aus ‚Gesund Kochen' ‚Lecker Kochen' gemacht hatte. Der Koch bereitete Menüs rund um den Globus. Indisch, chinesisch, japanisch, mexikanisch, balinesisch, italienisch, griechisch, spanisch, französisch und so weiter. Auch ein leckeres deutsches Mahl fehlte nicht.

Vor einem Jahr hinzu gekommen war das Trommeln. Mondmann hatte sich gedacht: Es schadet nicht, wenn die Patienten ein Gefühl für Rhythmus bekommen. Er wusste wenig über die Wirkung der Musik, wobei er das Trommeln fälschlicherweise gar nicht der Musik zurechnete. Bis ihm bei einem der Einstellungsgespräche die Augen geöffnet wurden. Es war ein Afrikaner, ein Senegalese, der ihm das erzählte. „Natürlich kann man mit der Trommel Musik machen. Das ist nicht nur Schlagen. Die Trennung von Melodie und

Rhythmus gibt es gar nicht. Das ist eine Einheit. Man kann die Trommel auch streicheln, so dass sie singt. Sie produzieren einen Melorhythmus. Diese unselige Trennung von Rhythmus und Melodie geht auf Aristoteles und den ganzen Trennungsquatsch zurück. Melodie und Rhythmus, Geist und Körper, Innen und Außen. So ein Unsinn. Es ist eine Einheit. Wissen Sie, was passiert, wenn Sie mit dem Trommeln beginnen?"

„Nein", hatte Mondmann nur geantwortet.

„Zufriedenheit stellt sich ein. Neugierde, Spaß, Lust. Wer macht denn hier in eurer Zivilisation noch etwas mit Lust? Trommeln ist organische Musik. Der ganze Körper wird einbezogen. Und dann erreichen Sie wie mit einer Hebelwirkung den Zustand der Naivität. Naivität als etwas wunderbar Ursprüngliches. Lassen Sie Ihre Patienten trommeln. Sie sparen sich hundert Gespräche. Lassen Sie sich auch auf das Trommeln ein. Ich zeige es Ihnen und garantiere, dass sich innerhalb eines Jahres Ihr Leben verändert. Sie werden zur Seligkeit zurückfinden."

„Zufriedenheit reicht mir schon", beschied ihn Mondmann. „Führen Sie meine Gäste zur Seligkeit! Sie überzeugen mich. Sie können den Job haben."

„Danke, Chef!" hatte der Senegalese mit einem breiten Lächeln gesagt. „Ich trommel Ihnen die Anstalt leer. Lauter glückliche Leute später." Zum Trommeln fanden sich gleich zu Anfang acht Klienten ein.

Die meisten trieben sich jedoch auf dem Sportplatz herum, spielten Fußball oder übten Laufen. Hierzu hatte Mondmann sie besonders motiviert. Es galt am Kölner Triathlon teilzunehmen und eine Medaille zu gewinnen. Fünfhundert Meter schwimmen, 5000 Meter laufen und 20 Kilometer Fahrrad fahren. „Wer das in eurem Alter schafft, der hat meine Hochachtung und ich bin stolz auf euch", hatte der Chef des Hauses gesagt. Er hatte bedeutungsvoll den Finger erhoben und hinzugefügt: „Werdet wieder stark! Ihr wisst, mens sana in corpore sano! Mehr muss ich dazu nicht sagen."

Sehr beliebt bei den Klienten waren auch die beiden Spielstuben. Eine für die Nichtraucher, die andere für die Raucher. Hier wurde Skat gedroschen, gewürfelt und Schach gespielt. Wobei, wie Mondmann feststellte, es in der Raucherstube viel lebendiger und lustiger zuging.

Einen Fernsehraum, was die Gäste zunächst verblüffte, gab es nicht. Auch auf den einzelnen Zimmern standen keine Apparate. Kam ein neuer Klient, so erklärte ihm Mondmann das. „Fernsehen deprimiert doch nur. Stündlich bekommen Sie schlechte Nachrichten um die Ohren gehauen. Sie hören nur noch das Wort ‚Krise'. Das Fernsehen ist wie ein Auge in ein Tollhaus. Selbst das Wetter ist aus den Fugen geraten. Schauen Sie lieber aus dem Fenster. Dann haben Sie eine verlässliche Diagnose. Außerdem sehen Sie in der Regel berühmte Leute, die gefeiert werden oder sich selbst feiern und bekommen davon nur Minderwertigkeitsgefühle. Passen Sie auf! Nach einer fernsehfreien Woche verspüren Sie überhaupt keine Lust mehr in solch eine blöde Kiste zu gucken. Ausnahmen machen wir hier nur bei Welt- und Europameisterschaften im Fußball und bei Spielen der Champions-League. Dann gibt es eine schöne große Leinwand in unserem Aufenthaltsraum."

Abgesehen vom Fernseh-Entzug war das Mondmann-Programm sehr reichhaltig. Familienaufstellung, Chorsingen, Basteln und Vorsorge fürs Alter waren wegen zu bescheidener und dann gänzlich fehlender Nachfrage aus dem Programm heraus gefallen.

Selbstverständlich wurden auch Vorträge angeboten, die zum Ziel hatten, die gescheiterten Männer zu stärken und sie wieder zur Lebensfreude zu führen. Ihnen lebenspraktische Handreichungen zu geben. Mondmann hielt diese Vorträge selbst und sie hatten Titel wie etwa „Weibliche Manipulationstechniken', ‚Rebellion als Anfang zum Glück', ‚Stark werden Schritt für Schritt', ‚Die Lust am Alleinsein' und ‚Zufrieden mit sich selbst'. Die Vorträge schloss er regelmäßig mit den Worten: „Jungs, übertreibt den Widerstand nicht! Ohne Frau kann kein Mann letztlich leben." Dabei zog er stets die Brille auf die Nase und lächelte verschmitzt auf sein Manuskript. Das Konzept der Klinik brachte er kurz auf die Formel ESS. Erholung, Stabilisierung, Stärkung. Es war erfolgreich. In den letzten Jahren war kein Zimmer mehr leer geblieben, und es gab sogar Nachfragen von Männern, die noch keinen sichtbaren psychischen Schaden hatten, sondern einfach nur Urlaub machen wollten.

Was die Mitarbeiter betraf, so waren es meist Lehrer, die den Schuldienst frühzeitig quittiert hatten. Auf diese Qualifikation hatte Mondmann besonderen Wert gelegt. Denn wer es schaffte, sich im deutschen Schuldienst bis zum Schluss zu bewähren, der würde in seinem Haus nur Unfug anrichten. Angepasst und zurecht geschliffen wurde da draußen genug. In seinem Haus sollte es menschlicher zugehen. Die ehemaligen Lehrer arbeiteten gerne in der Klinik. Hier gab es keine Beurteilungen, keine Konferenzen und vor allem kein Beförderungsgerangel. Mondmann hatte erstaunt den Kopf geschüttelt, als er vernahm, wie es an den Schulen zuging. Da gab es, was die Beförderungen betraf, tatsächlich die Formel vom ‚Stock und Rock'. Was bedeutete, dass Frauen und Behinderte bevorzugt befördert wurden. „Was für ein Schwachsinn!" hatte er bemerkt. „Es ist ja klar, dass die Frauen lange Unrecht erlitten haben, aber dann darf man die Verhältnisse doch nicht auf diese Weise umdrehen."

Nur der Kantinenkoch und der Trommler waren keine ehemaligen Lehrer. Der Koch war ein Chilene, der unter einem berühmten Sternekoch gelernt und lange auf einem Kreuzfahrtschiff gearbeitet hatte und nun seinem ehemaligen Meister in nichts mehr nachstand. Mondmann selber ging lieber in die Klinikkantine als in ein Bonner Edelrestaurant. Der Koch war gut, excellent. Aber einmal war Mondmann um eine Abmahnung nicht herumgekommen. Da hatte der Meister der Gewürze im Rahmen von ‚Lecker Kochen' einen Exkurs veranstaltet. ‚Kunst des Destillierens' war das Thema. Der Psychiater war zufällig hinzugekommen, weil er einen Klienten suchte, der nicht zum verabredeten Gespräch erschienen war. Die Küche war voll. Alle vierzig Patienten standen um den Koch herum, der erklärte, wie man Bananenbrei mit Hefe vergor und anschließend das Gebräu zu destillieren hatte. „Das geht zu weit", hatte Mondmann gesagt. „Wir sind ein Haus des ungetrübten Geistes. Hier wird kein Alkohol produziert. Baut lieber Hanf an. Aber das ist leider verboten." Dann hatte er dem Koch auf die Schulter geklopft: „Hiermit erhältst du deine erste Abmahnung. Ich schätze dich sehr, möchte ungern auf dich verzichten. Hier wird nicht gebraut. Noch einmal und ich muss mir einen anderen suchen."

Der Trommler war mit einer deutschen Frau verheiratet. Als hoffnungsvolles Fußballtalent hatte er es bis in die zweite Bundesliga geschafft. Ein Kreuzbandriss beendete die Karriere. Die Trommel, so hatte er es dem Psychiater erzählt, hätte ihn aus der Depression wieder heraus geholt. Die Männer hatten Spaß mit ihm, lachten viel. Bei den therapeutischen Gesprächen stellte Mondmann erstaunt fest, dass sie die besten Fortschritte gemacht hatten. „Probleme?" hatte einer der Trommler mal gemeint. „Ach was! Die Welt ist ein Trampolin und ich habe Lust am Springen bekommen."

Was seine Schäfchen so trieben, darüber hielt sich der Maestro des Hauses natürlich auf dem Laufenden. Welche Kurse und Veranstaltungen sie besuchten, gab ihm Hinweise, wie es um ihre Heilungschance bestellt war. Bei den Trommlern und den Sportlern machte er sich die wenigstens Sorgen. Die würden ein Körpergefühl entwickeln, das den Gefahren da draußen am ehesten widerstehen konnte. Interessierte sich jemand aber nur für Literatur, war das ein Alarmsignal. Denn mit romantischen Flausen im Kopf war das nächste Scheitern an einer verrückten Frau zielsicher vorprogrammiert.

16

Die schamanische Sitzung mit Konrad Vogel musste Mondmann um Wochen verschieben, weil der Schamane, zu dem er ab und zu einen Klienten schickte, mal wieder nach Ladakh geflogen war, um neue Kraft zu schöpfen. „Ich brauche das", hatte er erklärt. „In eurer Zivilisation bin ich zu rasch wieder auf dem Nullpunkt. Dort in den Bergen, im Himalaya, geht es mir besser." So musste Vogel also weiter auf die Entdeckung seines inneren Krafttieres warten. Täglich ging der Studienrat um die Mittagszeit aus dem Haus, kehrte nach einer Stunde zurück. Wahrscheinlich trank er ein Bier oder ein Schnäpschen. So rasch wurde man den Alkohol nicht los. Aber da er aufrechten Ganges wieder in die Klinik kam, griff der Psychiater nicht ein. Sein Haus war ein offenes und er selbst kein Kindergärtner. Überwachen wollte und konnte er seine Klienten nicht.

Als Mondmann am Fenster stand und Vogel gerade über den Parkplatz schlendern sah, klopfte es an seine Tür. Hildegard Gabriel erschien. „Herr Dr. Mondmann, darf ich Sie an Ihren Vortrag für heute Abend erinnern?"

„Vortrag? Welcher Vortrag?" fragte Mondmann erstaunt, kniff die Augen zusammen und fasste sich mit der linken Hand an die Stirn, so als müsste dann die Erinnerung kommen.

„Heute Abend hier im Haus. ‚Unser Selbst'. So haben Sie es jedenfalls angekündigt."

„Ach du je! Richtig. Ich habe es vergessen. Ich habe aber noch gar kein Manuskript."

„Brauchen Sie doch gar nicht", beruhigte ihn die Sekretärin. „Sie können das auch aus dem Stegreif."

„Um wieviel Uhr?"

„Um sechs."

Mondmann sah auf seine Armbanduhr. „Na gut. Dann habe ich ja noch fünf Stunden Zeit. Ich werde mir ein paar Gedanken machen. Ein langer Vortrag wird es sowieso nicht. Liegen Termine dazwischen?"

„Drei. Um zwei kommt Kaplan, danach Donrath. Nach ihm ein Neuer, Meisenheimer, ein Malermeister. Dann sind Sie durch."

„Hmm. Ungünstig. Sagen Sie Kaplan, draußen stehen drei neue Autos. Die Kennzeichen hat er noch nicht."

„Sie meinen das ernst?"

„Natürlich nicht. Lassen Sie ihn um zwei kommen."

Gregor Kaplan war einer der wenigen hoffnungslosen Fälle. Er zählte und quantifizierte alles und hatte dabei ein phänomenales Gedächtnis, das sich aber nur auf die Welt der Zahlen bezog. Neben dem Sammeln von Autokennzeichen war eine seiner Manien die

Buchstaben zu zählen, wenn er irgendwo ein Wort oder einen Satz sah. So versuchte er herauszufinden, welche Anzahl an Buchstaben in den Wörtern der deutschen Sprache am meisten vorkam. Als durchschnittliche Menge an Buchstaben hatte er 10,6 ermittelt. Ließ man so kurze und häufig vorkommende Wörter wie ‚und‘, ‚zu‘, ‚der‘, ‚die‘, ‚das‘ und noch einige andere weg, kam er auf einen Wert von 14. Aber die Zahlenwerte, die er ermittelte, hingen auch davon ab, welche von den insgesamt über einer Milliarde Wortformen er zuließ. Zählten Abkürzungen dazu? Konjugations- und Deklinationsformen wie ‚ich laufe, ich lief, du läufst, der Mann, des Mannes, die Männer‘? Mit solchen Problemen schlug Kaplan sich herum und hatte vor, nach dem Deutschen auch das Englische und Spanische und noch andere Sprachen unter die Lupe zu nehmen und so zu einem globalen Anzahlenwert für Buchstaben zu kommen. Er war auf dem Weg zu einer Weltformel für Buchstaben und betrieb, wollte man seine Tätigkeit benennen, mathematische Linguistik.

Mit diesem Spleen des Zählens konnte man ja noch leben, aber der Professor war mittlerweile dahin geraten, dass er vor jedem Lesen erst die Buchstaben zählen musste. Sonst konnte er nicht lesen, war blockiert. So brauchte er für ein Buch, das ein anderer an einem Tag durch hatte, eine ganze Woche. Von der Notwendigkeit des Zählens war Kaplan so überzeugt, dass jeder Therapieversuch scheiterte. Es war ein Zwang, dem Mondmann nicht beikam. Gregor Kaplan war auch kein Kandidat für den Jakobsweg. Von den Pyrenäen würde er höchstens bis Pamplona kommen und dort bleiben müssen, um Autokennzeichen zu sammeln. Kaplan verließ keinen Ort, an dem täglich neue Kennzeichen auftauchten. Und Pamplona war groß genug, um diese Aufgabe zu einer unendlichen zu machen. An dem Professor scheiterte Mondmanns Kunst. Aber er hörte sich geduldig an, was Kaplan ihm berichtete.

„Herr Mondmann", begann Gregor Kaplan wie immer unvermittelt die Sitzung. „Wissen Sie, was ich herausgefunden habe?"

„Nein."

„Ich habe die Wortlänge in der Liebeslyrik mit der Wortlänge bei Broschüren des Finanzamtes verglichen. Also ‚Herz', ‚Liebe', ‚Blut' mit ‚Lohnsteuerjahresausgleich' und anderen. Stellen Sie sich vor: Bei der Liebeslyrik sind die Wörter im Durchschnitt kürzer. Was sagt uns das?"

„Ist ja klar", antwortete Mondmann. „Die Liebeslyrik wendet sich direkt an das Gefühl. Da kommt man natürlich mit kürzeren Wörtern aus."

Kaplan verzog das Gesicht und warf einen ergebenen Blick an die Decke. „Aber Herr Mondmann! Darauf kommt es doch gar nicht an. 5,4! Bei der Liebeslyrik komme ich auf einen durchschnittlichen Wert von 5,4. Beim Finanzamt auf 17,8. Stellen Sie sich das vor! Das ist mehr als das Dreifache."

„Hmm", Mondmann nickte. „Ist schon ein tolles Ergebnis." Er zündete sich eine Zigarette an. Die Erlaubnis dazu hatte ihm Kaplan gegeben. Bei diesen Sitzungen brauchte der Psychiater das immer. Geduldig hörte er sich den weiteren Vortrag an und rückte, als die Uhr abgelaufen war, mit einem sanften Therapievorschlag heraus.

„Wie wäre es, Herr Professor Kaplan, wenn Sie sich auf Autokennzeichen beschränken würden. Da hätten Sie frische Luft, Bewegung und nie mehr als sechs Buchstaben."

„Sechs? Aber lieber Herr Mondmann! Falsch. Ganz falsch. Die Unterscheidungszeichen haben nie mehr als drei Buchstaben und die Erkennungsnummer nur einen oder zwei Buchstaben. Hinzu kommen maximal vier Ziffern. Wir kommen also nicht auf sechs Buchstaben, sondern höchstens auf fünf."

„Aha. Wusste ich noch nicht." Mondmann verschränkte die Hände hinter dem Kopf und sah nun ebenfalls an die Decke. „Glückwunsch, Frau Kaplan!" dachte er. „Sie haben sich noch rechtzeitig gerettet."

17

Fritz Donrath, der Meteoritenjäger, war etwas weniger anstrengend als Kaplan. Mit einem fröhlichen „Hallooo!" kam er in den Raum, klopfte Mondmann auf die Schulter und sagte: „Was für ein erfolgreicher Tag!" Dann zog er ein Säckchen mit Steinen aus der Hosentasche, schüttete es behutsam auf der Schreibtischplatte aus und ordnete die Steine der Größe nach zu einer Reihe. „Gewogen habe ich sie noch nicht. Aber das sind mindestens 500 Gramm, das Gramm zwischen 50 und 300 Euro."

Dann begann er zu erklären, wobei er immer mit dem ersten Stein von Mondmann aus gesehen rechts anfing. „Das hier ist ein Chondrit. Er enthält Eisen und andere Metalle. Findet man normalerweise nur in Russland, aber jetzt habe ich einen in Bonn gefunden. Und das hier ist ein Merkurmeteorit und dieser hier ein Olivin. Und dann habe ich noch einen Moldavit. Die anderen sind glasartige Meteoriten. Dafür bekommt man weniger. Aber für den Chondriten wird ordentlich bezahlt. Ist von der Entstehung des Sonnensystems übrig geblieben. Was sagen Sie dazu?"

Was sollte Mondmann dazu sagen? Die ersten vier Steine waren unterschiedlich gefärbte Kiesel, die Donrath wie immer irgendwo in der Umgebung aufgehoben hatte. Der Rest waren kleine, grüne Flaschensplitter. Der Psychiater kannte das Spiel. Beim ersten Mal hatte er noch gesagt: „Passen Sie auf! Das sind Glassplitter mit scharfen Kanten. Meteoriten haben keine scharfen Kanten."

Donrath hatte abgewunken. „Haben Sie eine Ahnung! Klar können Meteoriten Kanten haben. Da müssten Sie mal den Marsmeteoriten sehen, den Beduinen in der Sahara gefunden haben. Mit dem könnten Sie sich rasieren, so scharf ist der. Das Gramm hat übrigens 6000 Euro gebracht. Toll, nicht wahr!"

„6000 Euro pro Gramm!" hatte Mondmann bewundernd gesagt. „Das ist ja zweihundert Mal mehr als der jetzige Goldpreis."

„Klar. Dieser Meteorit hat ja auch 4,4 Milliarden Jahre auf dem Buckel."

Was also sollte er Donrath antworten, um ihn nicht zu beleidigen? Der war immer noch so festgefahren mit seinem Wahn, dass kein Öffnen der Augen möglich war.

„Schöne Steinchen", sagte er nur. „Ein Kunstwerk der Natur."

„Des Universums, Herr Dr. Mondmann. Himmelsboten."

Donrath begann die Steine und Splitter wieder aufzusammeln, steckte sie bis auf ein Glasstückchen, das von einem Flaschenboden stammte, wieder in das Säckchen. „Den hier schenke ich Ihnen", sagte er. „Neben Silikat und Kohlenstoff wird er noch etwas Eisen enthalten."

„Danke", sagte Mondmann. „Aber kommen wir nun zu einem anderen Thema. Wie geht es Ihrer Frau?" Das war ein neuer Versuch, Donrath wieder näher an die Realität zu führen. Der Meteoritenjäger würde es nicht wissen. Aber vielleicht erinnerte er sich jetzt, dass er aus Tscheljabinsk nicht alleine zurück gekommen war. Die Braut war entweder wieder in Sibirien oder hatte einen anderen Mann in Deutschland gefunden. Von ihr gehört hatte man nichts mehr. Nach ihrer Zeugenaussage bei der Polizei war sie untergetaucht. Donrath wusste auch nicht mehr, dass er sie verjagt und sein Haus angezündet hatte. Diese Erinnerung war durch den Schock der Ereignisse ausgelöscht.

Dieses Mal sah Donrath ihn nicht erstaunt an, fragte nicht zurück „Welche Frau?", sondern lächelte und antwortete: „Gut. Sie ist mit den

Metoriten nach Tscheljabinsk und verkauft sie dort."

„Und dann kommt sie wieder?"

„Will ich gar nicht. Ich habe ihr gesagt, sie kann mit dem Geld eine Boutique eröffnen. Das wollte sie immer schon. Eine wunderschöne Frau. Aus dem Ural."

„Wie heißt Sie übrigens? Hatten Sie mir zwar schon einmal gesagt, aber ich habe es vergessen."

„Nastja."

„Nastja. Dann werden also Sie dorthin fahren oder fliegen?"

„Ja. Aber erst 2023. Dann nähert sich der Asteroid, von dem die Meteoriten stammen, wieder der Erde. Aber ob die genau da wieder runterkommen, wissen wir noch nicht. Aber ist auch egal. Hier gibt es ja genug."

Donrath lächelte versonnen vor sich. Ob er an seine Frau dachte oder an die Meteoriten, wusste Mondmann nicht. Aber jedenfalls schien ein Stück Erinnerung zurückzukehren, falls der Name der Frau wirklich stimmte. Der Meteoritenjäger tat ihm leid. Das war ein armer Teufel, der Frau und Haus verloren hatte. Freilich war er das selbst schuld. In einem Anfall von Wut, Jähzorn, Enttäuschung hatte er die Tat begangen und wenigstens das Glück gehabt, dass nur der eigene Besitz abgebrannt war und nicht noch die Nachbarhäuser mit. Ob er jemals wieder seinem Beruf nachgehen konnte, war ungewiss. Donrath litt an einer psychogenen Amnesie, hatte ein traumatisches Ereignis verdrängt. Langzeit- und Kurzzeitgedächtnis funktionierten noch. Das hatte Mondmann anfangs herausgefunden. Ebenso hatte er die Gehirnströme messen lassen. Das EEG zeigte keine Anomalie. Es lag keine Epilepsie vor, kein Schlaganfall, keine Entzündung, die gewisse Gehirnregionen schädigen konnten. Donrath hatte jetzt zunächst einmal stressfrei zu leben, sich zu entspannen, wohlzufühlen. Vielleicht kam dann die Erinnerung zurück. Erst danach konnte die Tiefenpsychologie gelingen. Erst dann konnte er behutsam zur Anerkennung einer unangenehmen Realität geführt werden.

18

Der Fall Meisenheimer war kompliziert. Hier würde es lange dauern, den Klienten wieder auf die Spur zu bringen. Mondmann hörte dem Malermeister aus Rheinbach zunächst nur schweigend zu, enthielt sich der Kommentare, nickte ab und zu, überlegte, empfand Mitleid mit dem schmächtigen, bleichen Mann, der nicht nur durch die Ereignisse, sondern auch durch seinen Beruf geschädigt schien. Lackfarben waren ungesund. Da mochte man noch so sehr von unbedenklichen Grenzwerten reden. In der Langzeitwirkung waren die Lösungsmittel meist tödlich.

Norbert Meisenheimer hatte sich als Malermeister selbstständig gemacht, eine hübsche Frau kennen gelernt, ein Eigenheim gebaut, Tag für Tag geschuftet, um der Frau, die er vergötterte, ein angenehmes Leben zu bereiten. Kinder blieben aus, was wahrscheinlich an dem Maler lag beziehungsweise an den Lacken, mit denen er täglich zu tun hatte. Mit dem Vorschlag seiner Frau, ein Kind aus Kenia zu adoptieren, war er einverstanden und legte noch ein paar Stunden mehr auf die tägliche Arbeit. So flog, um die Verhältnisse vor Ort kennen zu lernen, die Frau alleine für zwei Wochen nach Kenia. Meisenheimer selbst hatte keine Zeit.

Und dann kam jener verhängnisvolle Tag. Der Malermeister kam abends von der Arbeit zurück, freute sich, seine Frau, deren Recherche in Kenia beendet war, endlich wieder in die Arme schließen zu können. Er stellte den Wagen vor die Garage, ging durch den Vorgarten zum Haus, holte den Schlüssel heraus, steckte ihn in das Türschloss, wollte gerade aufschließen, da öffnete sich von innen die Tür. Ein schwarzer Mann in Unterhose erschien, ein nackter Arm reckte sich vor, eine Hand zog den Schlüssel aus dem Schloss. „Nix! Du hier nicht wohnen", sagte der Afrikaner und schlug dem Malermeister die Tür vor der Nase zu.

Meisenheimer war auf der Treppenstufe in sich zusammengesackt, hockte da, war zu keinem Wort, zu keiner Regung mehr fähig. Als Nachbarn nach ein paar Stunden die Polizei alarmierten, blieb er stumm, sagte nichts, starrte nur vor sich hin. „Der wohnt doch in dem Haus. Das ist seins", gaben die Nachbarn Auskunft. Als die Beamten klingelten, öffnete niemand. „Die Frau ist noch im Urlaub", wurde erklärt. „Die macht sich ein paar schöne Tage in Afrika." „Haben Sie einen Schlüssel?" fragte einer der Polizisten den Malermeister. Der antwortete nicht, hockte nur da, stierte auf den

Boden. Im Haus selbst rührte sich nichts. So kam es, dass Meisenheimer zuerst in die öffentliche Psychiatrie gebracht und später dann, als er sich ein wenig gefangen hatte und seine Frau sich endlich einschaltete, bei Mondmann aufgenommen wurde.

Stockend und mit dünner Stimme erzählte der Malermeister leise seine Geschichte. Die Augen waren mit Tränen gefüllt, und schließlich zog er ein Portemonnaie aus der hinteren Hosentasche, holte ein Foto hervor, zeigte es. „Das ist sie. Ilona. Eine schöne Frau. Nicht wahr? Wenn der Schwarze weg ist, wird alles wieder gut."

„Zuerst müssen Sie sich erholen", sagte Mondmann. „Hier finden Sie Freunde, die auch Kummer mit ihrer Frau oder Freundin haben. Sprechen Sie, tauschen Sie sich aus, spielen Sie, lassen Sie sich von unserem Koch verwöhnen. Gucken Sie sich unser Programm an. Ich rate Ihnen zum Sport oder probieren Sie es mit Poolbillard oder Snooker. Oder gehen Sie einfach in die Spielstube zum Schach oder zum Skat."

Trommeln, überlegte Mondmann für sich, wäre auch nicht schlecht. Aber er hatte Bedenken. An der Trommel saß ein schwarzer Mann, und es war nicht vorherzusehen, wie Meisenheimer darauf reagieren würde. Das konnte in der Anfangszeit schief gehen. Später, wenn er sich gefangen hatte, mochte er mit dem Senegalesen um die Wette trommeln. Aber bis dahin würden noch einige Wochen, wenn nicht sogar Monate vergehen. Der Weg zu einem neuen Selbstbewusstsein war bei Meisenheimer weit, sehr weit.

19

Bis zu seinem Vortrag hatte er noch eine knappe Stunde. Für etwas Schriftliches, für ein Konzept war es zu spät. Er würde tatsächlich aus dem Stegreif reden, im Gehen wie die Peripathetiker, die alten griechischen Philosophen. Da fielen ihm die besten Gedanken ein. Der Raum für die Vorträge war groß genug, um auf und ab zu wandern. Die Stühle für seine Gäste, wie er die Patienten nannte, würden wie immer einen Halbkreis bilden, in dem er sich bewegen konnte. Auf das Pult für das Manuskript würde er dieses Mal verzichten, obwohl es sich auch gut als Kanzel geeignet hätte. Aber er wollte nicht predigen, sondern seinen Gedanken einfach freien Lauf lassen.

Pünktlich um sechs betrat er den Raum. Seine Gäste waren schon versammelt. Die Stühle standen zu je zehn in vier Halbkreisen. Nur im letzten waren zwei frei. Er überflog kurz die Reihen. Kaplan und Donrath fehlten. Kaplan hatte keine Zeit, war mit der linguistischen Forschung beschäftigt oder addierte die Ziffern von Autokennzeichen. Donrath hockte gewiss vor seinen Meteoriten, streichelte und bewunderte sie.

„Schön, dass ihr gekommen seid", begann Mondmann. „Heute werde ich euch nicht aus einem Manuskript etwas vorlesen, sondern einfach so vortragen, wie mir die Gedanken einfallen. Danach, wenn ihr wollt, können wir wieder über das Thema diskutieren, Fragen stellen, Antworten suchen. Ich werde mich kurz fassen, vielleicht auch nicht. Ich weiß es noch nicht. Also, es geht heute um ein ziemlich komplexes Thema. Das Selbst, unser Selbst. Was ist eigentlich dieses Selbst, von dem so oft die Rede ist und das als viel beschworene Selbstfindung überall herumgeistert? Als Organ wie die Zirbeldrüse dürfen wir uns das Selbst natürlich nicht vorstellen, obgleich die Zirbeldrüse eine nicht unerhebliche Rolle dabei spielen kann. Aber das würde jetzt zu weit führen. Das wäre eine medizinische Spezialität. Nun, das Selbst ist in Wirklichkeit ein dauerhaftes Gefühl des Glücks, der Zufriedenheit, des Einklangs mit sich und der Welt. Es ist eine emotionale Verbindung zum Universum, zu Gott, zu eurer Umwelt, die keine Umwelt ist, sondern eine Mitwelt. Es ist sogar eine Verliebtheit. Eine Verliebtheit etwa in die Natur, die nicht nur Natur ist, sondern Schöpfung, der man respektvoll und dankbar begegnet. Lasst mich ein kleines Beispiel sagen. Wenn man nachts unter dem Sternenhimmel steht, egal ob alleine oder zu zweit, fühlt man nicht Verlorenheit wegen der scheinbaren Grenzenlosigkeit des Universums, sondern Geborgenheit, Zugehörigkeit. Der Anblick ist einfach schön. Wir fühlen, dass wir ein viel größeres Zuhause haben als etwa unsere Mietwohnung oder das mit Mühe errichtete Eigenheim.

Dieses Gefühl der Verliebtheit kennt ihr alle. Aus der Begegnung mit euren Frauen. Es beschränkt sich natürlich nicht auf die Frauen, ist da aber besonders intensiv. Leider aber, wie wir hier alle wissen, nicht dauerhaft. Warum? Woran liegt das? Weil weder die Frau noch ihr das Selbst gefunden habt. Die Beziehung ist dann so, als würde man zwei überhaupt nicht passende Kugelhälften zusammenschrauben. Das eiert nur herum und bricht auseinander. Hätte die Frau ihr Selbst gefunden, wäre sie an euch vorbeigelaufen. Hättet ihr euer Selbst gefunden, wäret ihr der Frau erst gar nicht begegnet oder hättet nicht so viel an Erwartungen hinein projiziert. Ich widerrufe heute Abend ein von mir gefundenes Gesetz. Ich habe immer gesagt, hinter jedem gestörten Mann steht eine verrückte Frau. Das stimmt so nicht. Hinter jeder gescheiterten Beziehung steht das verlorene Selbst. Auf beiden Seiten. Eine Schuldfrage stellt sich nicht. Höchstens die Frage nach einer Ursache. Viele Frauen in unserem Alter leben heute allein. Warum? Weil ihnen die Kerle laufen gegangen sind. Sie haben es nicht mehr ertragen. Viele Männer in unserem Alter leben ebenfalls alleine. Warum? Weil sie für die Frauen unzumutbar geworden sind. Da ziehen die Frauen lieber die Gesellschaft einer Katze, eines Hundes oder Kanarienvogels vor. Zu Recht.

Dahinter steht, wie gesagt, das verlorene Selbst. Wir werden daran gehindert es zu finden, weil wir nach anderen Regeln, nach Zwängen zu funktionieren haben. Das kann schon bei der Geburt anfangen. Man will noch gar nicht zur Welt kommen, wird aber herausgezogen. Es setzt sich in der Familie fort, verstärkt sich in der Schule und erst recht dann in der Arbeitswelt. Das Urvertrauen, das man noch im Mutterleib hatte, geht Stück für Stück verloren in einer maschinenhaft gewordenen, automatisierten Welt, die nur auf Funktionen Wert legt. An der Findung des Selbst ist diese Welt gar nicht interessiert. Im

Gegenteil. Es wird alles getan, damit man es nicht finden kann, nicht finden darf. Das klingt recht pauschal, recht allgemein. Ich weiß. Ich habe letzte Woche zufällig einen kleinen Artikel gelesen, aus dem ich etwas zitieren will. Es sind die Worte des Papstes. Ich zitiere ihn hier, nicht weil er der Papst ist, sondern ein kluger Mann. Er sagt: ‚Wir haben eine anthropologische Krise, weil wir den Vorrang des Menschen leugnen. Wir haben neue Götzen geschaffen, beten in erbarmungsloser Form ein goldenes Kalb an. Und zwar in der Form eines Fetischismus des Geldes und in der Diktatur einer Wirtschaft ohne Gesicht und wirklich menschliches Ziel. Es entsteht eine neue, unsichtbare, manchmal virtuelle Tyrannei, die einseitig und unerbittlich ihre Gesetze und Regeln aufzwingt.‘ Viele von euch werden das auch in anderer Form gehört haben, nämlich als den Satz ‚Diese Wirtschaft tötet!‘

Wenn das so ist, wen wundert es dann, wenn viele Beziehungen unter diesen Bedingungen zerbrechen? Unter diesen Bedingungen kann auf Dauer keine Liebe bestehen, kann kein Selbst gefunden werden. Es sei denn, man stellt sich radikal gegen diese Bedingungen. Wie schwer das ist, könnt ihr euch vorstellen. Wie leicht zerbricht man daran. Wir leben heute in einer Zeit des gesteuerten Unglücks. Hier bei uns, in unserem umhegten Raum, ist die Welt noch in Ordnung. Da draußen versammeln sich in Wirklichkeit die Verrückten. Sie gelten nur als normal, weil sie in der Mehrzahl sind. Sie haben sich angepasst, funktionieren. Sie dürfen ihr Selbst gar nicht finden, denn dann könnten sie nicht mehr funktionieren. Euch adelt, dass ihr wenigstens versucht habt, euer Selbst zu finden. Ihr habt euch aufgelehnt, quer gestellt, Widerstand geleistet, seid dadurch aber in Schwierigkeiten geraten. Sonst wäret ihr nicht hier.

Die Probleme eurer Frauen könnt ihr nicht lösen. Das müssen sie selbst. Sie müssen sich selbst die Frage stellen: ‚Was bin ich eigentlich? Was heißt es, Mensch zu sein und weiblich?' Im Feminismus – was für ein verkehrtes Wort! – wird der Unterschied zwischen Mann und Frau nivelliert oder sogar geleugnet. Aber schließt einmal eine Lampe an eine Steckdose mit zwei Plus- oder zwei Minuspolen. Was passiert? Nichts. Es bleibt dunkel. Es fließt kein Strom.

Nun seid ihr natürlich daran interessiert: Wie kann man dieses Selbst finden? Der erste Schritt ist, dass man vor der verrückten Welt da draußen Ruhe hat, sich wieder beruhigt. Hier könnt ihr machen, woran ihr Spaß habt. Ihr dürft spielen, singen, musizieren. Ihr habt Gesellschaft, könnt miteinander reden, ohne befürchten zu müssen, übers Ohr gehauen zu werden. Ihr müsst hier keine Leistung bringen, müsst nicht funktionieren. Ihr habt Zeit, die Mahlzeiten zu genießen, die excellent sind. Darauf habe ich besonderen Wert gelegt. Unser Chilene, wie ihr wisst, ist ein Meisterkoch. Auch eure kulinarischen Sinne sollen wieder geweckt werden.

Wenn ihr euch hier wieder beruhigt habt, mögt ihr hinausgehen in die Welt. Aber geht hinein wie in einen Zirkus, wo ihr mitspielt und Spaß habt. Geht euch der Spaß verloren, dann kommt wieder und erholt euch hier. Ihr wisst auch, dass es ein besonderes Programm von mir ist, euch den Jakobsweg anzubieten. Macht es! Aber bitte ohne Erwartungen. Die Selbstfindung kommt nicht auf Kommando. Es kann sein, dass gar nichts passiert, ihr weder Gott begegnet noch euch selbst. Aber es ist alles möglich. Zumindest werdet ihr abends müde sein, habt Gesellschaft in den Pilgerherbergen und unterwegs eine schöne Landschaft. Mindestens entwickelt ihr dabei ein Gefühl für die Freiheit. Und damit eigentlich beginnt die Selbstfindung. Das ist der Anfang, der erste Schritt, auf dem ihr aufbauen werdet. Auf diesem Weg könnt ihr zum Selbst kommen. Und noch einmal: Das Selbst ist, sich in das Sein zu verlieben. Andere nennen es auch die Leichtigkeit des Seins. Das ist in dem Stress da draußen natürlich schwer umzusetzen. Vor allem verdrängen alle auch das Thema Vergänglichkeit und tun so, als würde man hier ewig leben und funktionieren können. Oder anders gesagt: Die so genannten eschatologischen Fragen sind völlig ausgeblendet. Also die Fragen nach dem ‚Woher?' und ‚Wohin?'. Das aber ist unmenschlich. Zum menschlichen Sein und zum Selbst gehören genau diese Fragen dazu. Das wäre jedoch noch ein eigenes Vortragsthema. So, gut für heute. Nächste Woche kommt übrigens ein Gast und hält einen Bildvortrag. ‚Wie ich die Atacama-Wüste durchquerte'. Ein bisschen geht's da vielleicht auch um das Selbst. So, jetzt können Sie Fragen stellen."

Mondmann sah auf die Uhr. Vom vertraulichen ‚Du' war er wieder umgeschwenkt zum ‚Sie'. Die Vermischung der Anredeformen war eine Marotte von ihm. Sprach er die Gruppe an, verfiel er leicht in den Hirtenton. Im Einzelgespräch hatte er die formale Höflichkeit.

Der erste Klient meldete sich. „Ja, Herr Vogel." Mondmann nickte aufmunternd. „Kann man auf dem Jakobsweg auch Frauen kennenlernen?"

Noch ehe Mondmann antworten konnte, rief jemand dazwischen: „Was willst du denn mit Frauen? Das sind doch lauter kleine Feldwebel. ‚Tu, mach', ‚sollst', ‚musst' sind die Wörter, die man am meisten hört. Genieße endlich einmal deine Freiheit!"

Mondmann schmunzelte. „Nun ja, das mit der Freiheit ist schon richtig. Die kann man auf dem Weg wirklich genießen. Nun zu Ihnen, Herr Vogel. Natürlich kann man da auch Frauen kennen lernen. Aber mit diesem Ziel sollte man sich nicht auf den Weg machen. Diese Erwartung könnte sehr leicht enttäuscht werden. Tummeln Sie sich lieber im Internet. Andererseits aber: Auf diesem Weg sind Frauen, die wissen, dass das Leben eine Pilgerschaft ist. Das ist keine schlechte Voraussetzung, um sich verstehen zu können."

Ein anderer hob die Hand. „Herr Dr. Mondmann, das mit dem Selbst ist ja ganz schön. So eine Stimmung, in alles verliebt zu sein, wäre ja wie ein Dauerrausch. So einfach ist das bestimmt nicht. Wie soll das gehen? Wenn ich hier raus bin, muss ich mich wieder mit Kunden und Kollegen herumschlagen. Sie wissen ja, dass ich bei der Sparkasse arbeite. Schlage ich mich nicht mehr mit denen herum, bekomme ich auch kein Gehalt mehr. Dann stehe ich auf der Straße. Unter einer Brücke zu pennen oder auf einer Parkbank zu schlafen entspricht bestimmt nicht der Leichtigkeit des Seins."

Mondmann nickte bedächtig, strich sich dann mit der linken Hand über das Kinn. „Ja, ja, verstehe ich. Ich habe auch nicht gesagt, dass es einfach ist. In Wirklichkeit ist es verdammt schwer. Aber: Warum sagen Sie ‚herumschlagen'? Müssen Sie das so ausdrücken? Gibt es nicht auch andere Formen des Miteinander? Ein schönes Sprichwort sagt: Wie man in den Wald hineinruft, so schallt es zurück. Seien Sie einfach freundlich und liebevoll zu den Kunden und Kollegen, dann schaffen Sie eine ganz andere Atmosphäre und Ihre Arbeit macht Ihnen womöglich auf einmal Spaß. Ich sage nicht, dass die tägliche Arbeit am Selbst vorbeigeht. Sie kann das Selbst entwickeln helfen. Auch hier gilt: Viele Wege führen nach Rom. Wenn Sie Ihr Selbst gefunden haben, spielt es keine Rolle, was für eine alltägliche Arbeit Sie verrichten und mit wem Sie zusammen arbeiten. Da bringt Sie nichts mehr aus der Ruhe und dem Gleichgewicht."

Ein weiterer hob die Hand. „Herr Mondmann, ehrlich gesagt, ich habe Angst vor der Zukunft. Wenn ich wieder da draußen bin. Die Frau ist weg. Wie man alleine lebt, weiß ich gar nicht. Ich bin jetzt 52. Hänge ich die Arbeit an den Nagel, kann ich von der Rente kaum die Miete bezahlen und mit Hartz IV komme ich auch nicht weit. Wie soll das denn mit dem Selbst gehen? Ich habe ja vor lauter Sorgen gar keine Zeit mich darum zu kümmern. Soll ich mich nachts unter den Sternenhimmel stellen und sagen ‚Alles ist gut!'?"

„Ja. Genau. Sagen Sie das! Das ist ja unser Problem, dass wir durch die Verhältnisse mutlos gemacht werden. Wir müssen uns selber wertschätzen und nicht über andere definieren oder uns von ihnen definieren lassen. Dann wird man mutlos, und die Mutlosigkeit ist von allen die größte Gefahr. Man resigniert, fühlt sich gefangen. Sie sind vor sechs Tagen hierher gekommen, haben noch fünf Wochen vor sich. Da kann viel passieren. Ihre Perspektive wird sich ändern. Sie werden Mut fassen. Ohne Schwierigkeiten läuft da draußen natürlich nichts. Ihre alten Einstellungen haben Sie mitgebracht. Ihre neuen werden Sie sicher nach draußen geleiten. 52 ist doch kein Alter. Die Welt liegt noch vor Ihnen. Was können Sie alles noch erleben! Welche schönen neuen Erfahrungen machen! Sicher, die erste Zeit da draußen mag schwierig sein. Aber Sie bekommen hier die Stärke, das durchzustehen. Ich kann nur noch einmal daran appellieren, und ihr alle kennt meinen Spruch, ihr seid hier, um endlich wieder stark zu werden. So wie bisher könnt ihr nicht mehr mit den Frauen leben. Legt den Umkehrschub ein! Das Selbst kommt danach von alleine zu euch."

20

Mitten in der Nacht saß Mondmann auf der Terrasse seines Hauses, blickte ins Dorf hinunter. Aus irgendeinem Grunde hatte er nicht mehr

113

schlafen können, war hellwach geworden. Ob ihn ein Traum aufgeschreckt hatte, wusste er nicht. Er erinnerte sich an keine Bilder, keine Szenen. Möglicherweise war es die präsenile Bettflucht, die ihn gepackt hatte. Er bereitete sich einen Kaffee, zündete sich eine Zigarette an, sah in die Nacht hinaus. Der Himmel war bedeckt, keine Sterne zu sehen, wie so oft. Irgendwie mochte sich das Klima wirklich verschoben haben. Hin zu einem grauen Gleichmaß. Die Winter hatten nur noch selten Schnee. Die Sommer zeigten wechselnde Kapriolen mit Schwüle, Kühle, Regen. Seltener waren die klaren Sonnentage geworden. Seltener jene schöne, trockene Hitze des Hochsommers. Auch das Licht zeigte selten nur noch seine ursprüngliche Klarheit, war diffuser, als habe sich vor den Himmel ein Vorhang gezogen. Die Menschen schien das nicht zu interessieren. Sie nahmen es hin, machten weiter in ihrem industriellen Wahn. Die Stimme der Vernunft versagte. Alle machten bei diesem Rattenrennen mit, niemand stieg aus, verweigerte sich. Wie eine Glocke war allen der Wahnsinn übergestülpt. Die Natur war weiblich, schlug zurück. Langsam zwar, aber die Anzeichen waren nicht zu übersehen.

Das Dorf, das nun still unter ihm lag, hatte dreimal den ersten Preis bei einem Wettbewerb gewonnen. ‚Unser Dorf soll schöner werden'. Aber es war die Schönheit botoxgespritzter Gesichter. Die Rasen wurden auf halbe Streichholzlänge gestutzt, Hecken beschnitten, Bäume gefällt, Unkraut zwischen Fugen abgeflammt. Auch die Häuser waren adrett und sauber. Nirgends eine Spur der Vergänglichkeit, des Verfalls. Selbst das

Fachwerk sah aus, als sei es gerade erst errichtet worden. Nie sah man den Totenwagen im Dorf. Wer starb, fuhr anscheinend sauber und adrett gekleidet direkt in den Himmel. Man stand sonntags geduldig in langer Schlange beim Bäcker, um Brötchen zu kaufen, aß nachmittags Kuchen im Café, unterhielt sich nett und gesittet, grüßte sich höflich im Supermarkt, wenn man das Wägelchen vor sich her schob, besuchte pflichtgemäß die Großmutter im Seniorenstift, der ‚Vita Sana' hieß und wünschte ihr noch viele schöne Jahre. Irgendwie sah das alles sehr stabil und gepflegt aus, war aber in Wirklichkeit zum Kotzen. Alles war abgeleckt gemütlich und hatte insgeheim etwas Gruseliges wie eine falsche Maskerade. Das einzig Schöne da unten war für Mondmann die romanische Kirche mit ihrem Mauerwerk und den harmonischen Rundbögen, die wohltuend von spitzer Gotik abwichen. War er einmal, was selten geschah, unten im Dorf, so versäumte er es nie, sich für eine Weile in die Kirche zu setzen und der mittelalterlichen Musik zu lauschen, die leise und verhalten abgespielt wurde. Vor einem Marienaltar brannten stets ein paar Kerzen. Die Figur auf dem Altar, sie stammte aus der Werkstatt eines Kölner Meisters, gehörte zu den ‚Schönen Madonnen' des zwölften Jahrhunderts. Das Gesicht zeigte ein Lächeln, der Faltenwurf des Gewandes war anmutig, der Jesusknabe auf dem Arm scherzte und lachte. Freilich gab es mit der Pietà in einer anderen Nische auch das Gegenteil. Das schmerzvolle Gesicht, der Leichnam des Gekreuzigten auf dem Schoß.

Es war noch nicht allzu lange her, da hatte auch Mondmann vor der schönen Madonna eine Kerze aufgestellt und gemurmelt: „Lass mich endlich einem Weib begegnen! Ich habe das Alleinsein satt." Er hatte mit Absicht ‚Weib' gesagt und nicht ‚Frau'. ‚Weib' war für ihn ein Elementarbegriff wie Sonne, Meer, Wind und Sterne, hatte für ihn keine degradierende Bedeutung, die man dem Wort unterschob. Er hatte selber noch die Zeit erlebt, als man beim ‚Ave Maria' sagte: „Du bist gebenedeit unter den Weibern." Das war umgeändert worden zu „Du bist gebenedeit unter den Frauen." Gewiss würde irgendwann auch der Ausdruck ‚gebenedeit' unter das Fallbeil der Feministinnen kommen. Denn ‚gebenedeit' hieß eigentlich ‚beneidet'.

Das also hatte Mondmann vor der Madonna gesagt. Insofern war sein Vortrag über das Selbst eher eine schöne Predigt gewesen als der eigenen Realität zu entsprechen. In Wirklichkeit fühlte er sich selber nur als Kugelhälfte, war halb, lief unrund. Die Leichtigkeit des Seins war launisch wie das Wetter. Es gab nicht nur gute Tage. Platons Mythos, dass Mann und Frau zwei Kugelhälften waren, stimmte. Erst wenn zwei passende Hälften zusammengefunden hatten, lief das Leben rund. So schön der Sternenhimmel auch war, wenn man zu ihm aufblickte: Zu Zweit war es ein noch besseres Gefühl. Auf eine Frau verzichtete er aus Bequemlichkeit. Die Auseinandersetzungen und Querelen waren ihm zuwider, der romantische Traum verdächtig. Das funktionierte auf die Dauer ja nie. Der Alltag tötete die Lust und alles wurde langweilig und beschwerlich. Er hatte sich routiniert mit dem Alleinsein eingerichtet. Ruhe haben und unbeschwert tun, was Laune machte, waren in dieser Hinsicht seine Werte. Er musste niemanden fragen, niemandem Bescheid sagen, wenn er, abgesehen von seinem Beruf, etwas unternehmen wollte. Dass da etwas Wesentliches fehlte, war ihm bewusst, und er war auch klug genug zu vermuten, dass tief in ihm die Angst steckte sich auszuliefern. Denn ging die Geschichte schief, litt man wie ein Hund, und es gab keine Medizin. Der Volksmund wusste das schön auszudrücken: „Der Liebe Wunden heilt nur der, der sie schlug." Vor dieser Hilflosigkeit schreckte er zurück.

21

Den Tag verbrachte er müde, unausgeschlafen, lustlos, was man ihm aber kaum anmerkte. Nur Frau Gabriel, der nichts entging, hatte nach der Begrüßung gesagt: „Sie haben schon mal munterer gewirkt. Ist was?" Er hatte abgewunken. „Ich brauche nur einen guten Kaffee. Dann ist alles okay."

Um elf Uhr kam Vogel zum Gespräch. „Entschuldigung, Herr Dr. Mondmann, dass ich gestern Abend so direkt nach Frauen gefragt habe. Es tut mir leid."

„Warum soll Ihnen das leid tun", antwortete er. „Es ist der natürlichste Wunsch des Mannes, eine Frau kennen zu lernen."

Konrad Vogel, der wie immer am Fenster stand, rückte sofort mit seinem Anliegen heraus. „Ich möchte den Weg wirklich gehen. Und zwar so bald wie möglich. Am besten schon Morgen. Und bestimmt nicht, um eine Frau kennen zu lernen."

„So, so." Mondmann lehnte sich in seinem Sessel zurück, verschränkte die Hände hinter dem Kopf, runzelte die Stirn. Dann löste er die Hände wieder und begann mit den Fingern der rechten auf die Schreibtischplatte zu klopfen, als spiele er einhändig Klavier. Er überlegte.

„Nun gut", sagte er nach einer Weile. „Aber ist das nicht ein bisschen früh? Sie sind gerade mal fünf Tage hier und ich hatte auch noch eine schamanische Trommelsitzung mit Ihnen vor."

„Ich möchte laufen, laufen, laufen und alles vergessen."

„Auch Crissy?"

„Gerade sie. Es geht nicht mit ihr. Es bringt mich um. Ich halte dieses Wechselspiel nicht mehr aus. Es muss beendet werden."

„Gut. Wie Sie meinen. Wie arrangieren wir das mit der Schule? Sie haben hier noch drei Wochen. In drei Wochen schaffen Sie den Weg nicht, falls Sie sich für den Camino Francés entscheiden. Das sind achthundert Kilometer. Der andere, der Camino Primitivo, hat 420, das ginge. Aber hier ist die Chance Frauen kennen zu lernen erheblich geringer."

„Ich will ja gar keine Frau mehr kennen lernen."

„Ach was! Unsinn! Ich verdonnere Sie dazu, den Francés zu laufen. Da finden Sie garantiert weibliche Gesellschaft. Da kommen Sie gar nicht dran vorbei. So blöd können Sie sich gar nicht anstellen."

„Hmm. Wirklich?" Vogel legte die Stirn in Falten. „Und die Schule?"

„Sie müssen aus dem Verein raus. Ich schreibe Sie weiter per Attest dienstunfähig. Nach einem halben Jahr oder auch noch später bekommen Sie einen Termin beim Amtsarzt. Der hat dann mein Gutachten vorliegen. Bis dahin bekommen Sie noch Ihr volles Gehalt, danach eine Pension, mit der Sie leben können. Das wird weit über Hartz IV liegen. In welchem Gymnasium stecken Sie noch mal? Ich habe es leider vergessen."

„Beethoven. Beethoven-Gymnasium Bonn."

„Ach, ja. Na, sehen Sie! Dann machen Sie fortan Ihre eigene Musik. Ist doch schöner. Oder?"

Vogel schwieg, sah aus dem Fenster.

„Ist Ihnen das Unternehmen auf einmal nicht mehr geheuer?" fragte Mondmann.

Der Studienrat schüttelte den Kopf. „Nein. Aber die Welt verändert sich so merkwürdig."

„Muss sie ja auch. Oder wollen Sie die ganze Schule mit auf die Wanderschaft nehmen?"

„Nein."

„Na also! Sie bleiben jetzt noch eine Woche hier, bereiten sich vor. Wahrscheinlich haben Sie noch gar keine Ahnung von dem Weg. In unserer Bibliothek finden Sie genug Literatur."

„Was brauche ich denn an Ausrüstung?"

„Nicht viel. Rucksack natürlich. Sehen Sie zu, dass Sie mit dem Inhalt unter zehn Kilo bleiben. Dann läuft es sich leichter. Sie müssen ja selber wissen, was Sie brauchen. Und ein paar gute Schuhe. Obgleich... man kann den Weg auch in Sandalen mit dicker Sohle zurücklegen. Die Leute machen ja viel zu viel Aufhebens um teure Wanderschuhe. Also, glauben Sie mir, wer Erfahrung hat, geht mit Sandalen am besten. Falls Sie zu Blasen an den Füßen neigen, kaufen Sie sich Zehensocken. Die sind wie Handschuhe. Für jeden Zeh eine spezielle Abteilung. Da gibt es keine Reibung. Und…" – Mondmann stützte sich mit den Ellenbogen auf dem Schreibtisch ab, legte das Kinn auf die zusammengefalteten Hände – „Sie sollten sich einen Pilgerstab zulegen. Nicht um Hunde zu vertreiben. Das ist ein Blödsinn, den Coelho und Shirley MacLaine verbreitet haben. Sondern um in einen meditativen Takt zu kommen. Und ab und zu hilft es auch bei Bergpassagen. Und dann brauchen Sie auch noch einen Pilgerpass."

„Pilgerpass? Wozu?"

„Damit Sie in den Herbergen übernachten können. Der wird da abgestempelt."

„Und den bekomme ich wo?"

„Von mir. Das heißt, wir beziehen die Pässe von der Kölner Jakobusgesellschaft."

„Und wenn ich nicht in der Herberge übernachten will, sondern im Hotel?"

„Dann machen Sie das. Der Kerkeling hätte den Weg sonst auch nicht geschafft."

„Und der Pilgerstab? Wo bekomme ich den her?"

„Sie können sich im Wald einen schnitzen. Ich empfehle Haselnuss. Oder Sie kaufen ihn da, wo Sie starten. Wo Sie starten, wissen Sie wahrscheinlich noch nicht."

„Nein, nicht genau. Wo denn?"

„In den französischen Pyrenäen, in St. Jean Pied de Port. Bis zur spanischen Grenze sind es nur ein paar Kilometer. Also, Sie fahren von Bonn nach Köln, dann mit dem Thalys nach Paris, wechseln mit der Metro den Bahnhof, wenn ich mich recht erinnere, müssen Sie zum Bahnhof Austerlitz, von da am besten mit dem Nachtzug nach Bayonne und dann weiter mit Zug und Bus in die Pyrenäen. Frau Gabriel wird Ihnen die Tickets ausdrucken. Fahren und laufen müssen Sie selber."

„Woher wissen Sie das alles?" fragte Vogel.

„Wenn man einen Weg empfiehlt, sollte man wissen, wo er beginnt", knurrte Mondmann, fuhr dann aber freundlicher fort: „Über alles Weitere unterhalten wir uns, wenn Sie sich vorbereitet haben. Und noch ein Tipp: Nehmen Sie bloß kein Handy mit. Dann laufen Sie ruhiger. Sie wissen ja, dass der Thalys über Aachen fährt."

22

Die nächsten Tage brachten bessere Laune. Die präsenile Bettflucht hatte sich aus irgendeinem Grund gelegt, war nicht wieder aufgetaucht. Mondmann saß am Mittwoch der folgenden Woche bester Stimmung in seinem Büro, als es gegen Mittag an der Tür klopfte. Frau Gabriel erschien.

„Herr Dr. Mondmann, der Beck hat gerade abgesagt."

„Beck? Ach so, der Mann mit der Atacama-Wüste. Wie! Er hat abgesagt? So kurzfristig?"

„Ja, leider. Erkältung. Stimme weg."

„Im September? Merkwürdig. Und jetzt?"

„Halten Sie den Vortrag."

„Worüber denn? Mit der Wüste kann ich nicht konkurrieren und Bilder habe ich auch keine."

„Nehmen Sie ein Thema, das für die Patienten spannend ist."

„Soll ich etwa über Traumfrauen referieren?"

„Warum nicht? Dann hören alle zu."

„Sie sind vielleicht lustig!" Mondmann schüttelte den Kopf, lachte. „Traumfrauen! Wie soll das denn gehen? Außerdem habe ich gar kein Manuskript."

„Brauchen Sie auch nicht", antwortete Hildegard Gabriel. „Das machen Sie aus dem Stegreif."

„Danke für Ihr Vertrauen! Ich kenne keine Traumfrau."

„Ja, eben! Vertreiben Sie Ihren Patienten die Flausen!"

„Hmm." Mondmann rieb sich nachdenklich das Kinn. „Nicht schlecht. Unser Traum von der idealen Frau. Könnte man so nennen. Weiß ich noch nicht. ,Traumfrauen' ist wahrscheinlich der zugkräftigere Titel. Ich überlege mir das noch."

„Geht nicht. Sie müssen sich jetzt entscheiden. Sonst habe ich keine Zeit mehr, das Plakat mit der Ankündigung zu ändern."

Mondmann seufzte, lehnte sich zurück, blickte an die Decke. „Nun gut. Machen Sie's!"

Am Nachmittag hatte er nur eine Stunde Zeit, über das Thema nachzudenken. Aber je mehr er sich anstrengte, um so verworrener, diffuser wurden die Gedankengänge, und er hatte schließlich keine Lust mehr, sich Bilder vorzustellen und Formulierungen dazu zu finden. Vielleicht kamen ja die Einfälle mit dem Vortrag. Und vielleicht waren seine Gäste ja so enttäuscht über die entgangene Atacama-Wüste, dass niemand erschien. Kaplan und Donrath würden sowieso nicht kommen. Die brauchten beide keine Traumfrau. Die waren glücklich, zufrieden, ausgefüllt mit ihrer verrückten Beschäftigung. Die weibliche Seite der Welt interessierte sie überhaupt nicht mehr. Mondmann hatte plötzlich Zweifel, ob es überhaupt sinnvoll war, die Beiden zu therapieren. Dann würden sie nur unglücklich.

Was Kaplan und Donrath betraf, hatte er richtig vermutet. Sie kamen nicht. Dafür aber die anderen 38 Gäste. Wie immer gab es vier Halbkreise zu je zehn Stühlen. Nur zwei in der letzten Reihe waren frei.

„Also, meine lieben Gäste", begann Mondmann. „Herr Beck hat leider abgesagt. Ihr werdet heute also nichts über die Atacama-Wüste erfahren, sondern etwas über das Gegenteil der Wüste, die Traumfrau. Sie ist wie eine Oase in der Ödnis der Welt, eine Erfrischung, eine Sehnsucht, ein großes Glück. Aber, meine Lieben, vielleicht ist sie auch nur eine Fata Morgana, eine Projektion von uns, eine Sinnestäuschung. Wir sehen den Horizont flimmern, mit Palmen, Schatten, Brunnen, Wasserquellen. Wir haben Durst. Wir nehmen einen Umweg in Kauf, obwohl wir müde sind. Der Umweg scheint uns die Rettung zu sein, unsere einzige Chance. Und dann kommen wir dahin und da ist nichts. Nur Sand, Hitze und eine nach wie vor versengende Sonne. Wären wir auf unserem Kurs geblieben, so hätten wir vielleicht noch rechtzeitig unser Ziel erreicht. So aber bringt es uns um, weil wir wegen einer Fata Morgana vom Weg abgewichen sind.

Wisset, ihr Lieben, wir sind jetzt wieder beim Selbst. Ich erzähle euch dazu eine Geschichte. Es ist eine alte, sehr schöne walisische Sage. Sie hat etwas mit der Traumfrau zu tun. Aber in einem ganz anderen Sinne als gemeinhin. Nun, ein Fürst, ein walisischer Fürst, trifft bei einem Ausritt auf einen Berg eine Frau, die vor ihm reitet und ihm wunderschön zu sein scheint. Er wird ganz verliebt, vernarrt in die schöne Reiterin vor ihm. Mit langen goldblonden Haaren, die im Wind wehen. Mit einer Figur, die voller Anmut und Reize ist. Unser Fürst gibt seinem Pferd die Sporen. Er will diese Frau einholen, ihr Gesicht, ihre Augen sehen, mit ihr sprechen, sie kennen lernen. Aber so sehr er sich auch bemüht, so sehr er seinem Pferd auch die Sporen gibt, er kann sie nicht einholen. Der Abstand zwischen ihnen bleibt immer gleich. Irgendwann ist das Pferd des Fürsten müde. Er gibt auf, kehrt zurück, nimmt ein neues Pferd, reitet erneut zu dem Berg. Und richtig, er trifft die Frau wieder. Aber wieder gelingt es ihm nicht sie einzuholen. Der Abstand bleibt immer gleich. Auf diese Weise reitet er Pferd um Pferd zu Schanden, bis er nur noch eins hat. Aber auch jetzt kann er die Frau nicht einholen. Da ruft er verzweifelt hinter ihr her: ‚Bei dem, was dir am liebsten ist, bleib stehen!' Da hält die Frau an, dreht sich um und sagt: ‚Du bist es!'

Seht ihr, meine Lieben, ihr braucht also gar nicht um eine Frau zu kämpfen. Ihr müsst nicht Pferd um Pferd zu Schanden reiten, bis ihr selbst umfallt. Ihr müsst keine Bankkredite aufnehmen, um etwas bieten zu können, ihr müsst euch nicht mit Staus auf der Autobahn herumschlagen, um Tag für Tag eurer Arbeit nachzugehen, damit ihr Geld nach Hause bringt. Ihr müsst euch nicht des Spielens enthalten, bloß weil es der Frau nicht passt und ihr sie nicht verlieren wollt. Das sind nur ein paar Beispiele. Ein paar wenige. Ihr wisst ja selbst, was man alles tut, um eine Frau zu halten, wie sehr man sich täglich abrackert und verleugnet. Also, lasst das sein! Sonst tanzt ihr auf eurer eigenen Nase herum. Findet euren wahren, eigenen Kern. Dort wohnt die wahre Traumfrau. Eine andere gibt es nicht. Ich rede heute nur kurz zu euch. Denkt über diese schöne, walisische Sage nach und lauscht nach innen, was ihr wirklich fühlt, wirklich wollt. Die Traumfrau außen ist nichts anderes als eine Fata Morgana. Durchquert die Wüste eures Egos und kommt zum Ziel, dem Selbst. Ich schließe mit einem Zitat, das euch weiterhelfen wird. Ich weiß nicht, von wem es ist, aber es hat gewiss seine Richtigkeit. Es lautet: ‚Die Seele spürt, ob das, was sie in sich aufnimmt, mit ihrem eigenen Sein verträglich und dafür förderlich ist oder nicht.‘ Kehrt zum Leben zurück, vergesst einen Traum, der euch fehlgeleitet hat."

23

Eine Woche später verabschiedete sich Konrad Vogel. In zünftiger Pilgerkleidung klopfte er bei Mondmann an. Eine Jakobsmuschel zierte seinen prall gefüllten Rucksack, die Füße steckten in rüstigen Wanderschuhen, auf dem Kopf trug er eine Ballonmütze mit Schirm, und in der rechten

Hand hielt er einen Pilgerstab, den er sich in einem Waldstück des Venusberges abgeschnitten und oben am Griff glatt geschnitzt hatte. „Ha-Haselnuss", sagte er beim Eintreten und hielt Mondmann den Stock entgegen. Eine Weinfahne folgte dem Schwenken des Stabes. Der Aufbruch hatte offensichtlich Mut erfordert und den hatte sich Vogel angetrunken.

„Gut", bemerkte der Psychiater. „Üben Sie sich mit dem Pilgerstab im meditativen Gehen. Und reduzieren Sie den Alkohol, selbst wenn es auch Typen gibt, die sich nach Santiago von Theke zu Theke hangeln. Das ist kein Ausflug zum Vatertag. Alles andere haben wir ja schon besprochen. Ich darf einmal…? Wie viel wiegt der denn?"

Mondmann war aufgestanden, zu Vogel hingetreten, hatte auf den Rucksack gezeigt. Der Studienrat streifte ihn sich umständlich, als befreie er sich aus den Windungen einer Kette, vom Rücken, stellte ihn auf den Boden. Der Psychiater fasste ihn mit der rechten Hand an der Griffschlaufe, wollte das Rüstzeug für unterwegs hoch heben, murmelte „Um Gottes Willen!", nahm dann beide Hände.

„Herr Vogel, das sind ja mindestens zwanzig Kilo. Damit kommen Sie nicht bis Santiago. Da beginnen Plackerei und Stöhnen ja schon im Zug. Das Ding wiegt ja weit mehr als ein ganzer Kasten Bier. Was haben Sie denn da alles eingepackt?"
„Was man so braucht für den Weg."
„Herr Vogel, wir breiten jetzt den Inhalt auf dem Boden aus und überlegen, was Sie wirklich

brauchen. Ihr Gepäck muss viel, viel leichter werden. Da muss einiges über Bord. Wir bilden jetzt zwei Häufchen. Das eine enthält wirklich Notwendiges, das andere Überflüssiges. Einverstanden?"

Der Studienrat verzog das Gesicht, nickte dann aber. „Einverstanden." Er öffnete den Verschluss des Rucksacks, löste die Schnüre, so dass oben eine breite Öffnung entstand, griff mit beiden Händen hinein und holte wie mit einer Baggerschaufel den Inhalt hervor, breitete ihn auf dem Boden aus. Da kamen die verschiedensten Kleidungsstücke für alle Wetterlagen zum Vorschein, ein paar Handtücher, ein riesiger Kulturbeutel, ein Apothekenkästchen, ein paar Bücher, zwei Flaschen mit Wasser, zwei Stangen Zigaretten, drei Tafeln Schokolade.

„Herr Vogel, was wollen Sie denn unterwegs mit den Büchern? Der kleine Pilgerführer ist ja in Ordnung. Den brauchen Sie. Aber Shirley MacLaine, Coelho und Kerkeling? Das können Sie hinterher lesen. Sie sollen Ihre eigenen Erfahrungen machen. Die Bücher lassen wir schon mal hier. Darf ich mir Ihren Kulturbeutel ansehen?"
„Bitte. Wenn Sie schon mal dabei sind, mich wie das Zollamt zu überprüfen." Vogel trat jetzt ans Fenster, sah hinaus, so dass Mondmann sein angesäuertes Gesicht nicht sehen konnte. Der Psychiater öffnete nun den Kulturbeutel.
„Was wollen Sie denn mit einem Föhn?" fragte er und fuhr fort: „Sie können ja auf ihren dichten Haarwuchs stolz sein. Aber ein Föhn auf dem Jakobsweg? In Spanien scheint meistens die Sonne.

Lassen Sie die Haare auf diese Weise trocknen. Und einen Rasierapparat können Sie sich auch sparen, ebenso die Flasche mit dem Rasierwasser. Man muss auf dem Weg nicht gut duften."

Mondmann fuhr fort zu sortieren und murmelte dabei vor sich hin. „Von der Sonnenmilch könnten Sie auch weniger mitnehmen. Das reicht ja für ein ganzes Jahr auf Mallorca. Duschgel und Haarshampoo hätten auch eine Nummer kleiner ausfallen können. Ebenso das Mundwasser. Sie tun ja so, als wollten Sie jeden Abend tanzen gehen. Und zwei Tuben Zahnpasta? Wozu? Als Reserve? Als ob man das nicht in Spanien kaufen könnte. Ach ja, eine Flasche mit Melissengeist! Na gut, wenn Sie's für den Anfang brauchen. Aber versuchen Sie's später mal mit dem Glück des ungetrübten Geistes. Mein Gott, allein der Kulturbeutel wiegt ja schon drei Kilo. So, jetzt das Apothekenkästchen. Herr Vogel, Herr Vogel! Was haben Sie denn da alles eingepackt? Wollen Sie ein Lazarett gründen? Antibiotika, Grippemittel, Schmerztabletten, Thermometer, um Fieber zu messen, Hustenbonbons, drei Packungen Hansaplast, Verbandszeug, Wärmefolie für Notfälle, Desinfektionsspray, Sicherheitsnadeln, Zeckenzange, Melkfett, Malariatabletten. Was wollen Sie denn damit? Spanien liegt zwar nahe bei Afrika, aber mir sind Malariafälle nicht bekannt. Herr Vogel, Aspirin, Hansaplast, Melkfett für die Füße und das Desinfektionsspray lasse ich Ihnen. Das Übrige ist Quatsch. Das nehmen wir heraus und haben schon wieder ein ganzes Kilo weniger. Wenn wirklich ein Notfall eintritt, gehen Sie zum Doktor. Der hat alles in der Praxis."

128

Er untersuchte jetzt die Kleidungsstücke. Zehn Unterhosen? Warum so viele? Herr Vogel, man kann unterwegs waschen. Sie brauchen auch keine zehn T-Shirts. Und ein Pullover reicht. Drei sind zwei zuviel. Sechs Hemden. Drei kurzärmelig, drei mit langen Ärmeln. Lassen Sie die mit langen Ärmeln da. Sie haben ja eine Jacke. Das Badetuch lassen wir auch hier. Das Handtuch reicht. Socken brauchen Sie auch höchstens die Hälfte. Zwei Jeans. Wozu zwei? Eine lange Hose reicht. Herr Vogel, Herr Vogel! Sie betreiben so viel Vorsorge, dass unser Unternehmen schon daran scheitert. Fröhlichkeit und guter Mut wiegen nichts, bringen aber voran."

Der Psychiater seufzte, sortierte nun den Inhalt zu zwei Häufchen, rechts das Notwendige, links das Überflüssige. „So, Herr Vogel", sagte er schließlich. Jetzt packen wir das, was rechts liegt, wieder in den Rucksack und dann schauen Sie mal, um wie viel leichter der geworden ist."

Der Studienrat, der Mondmann die ganze Zeit den Rücken zugewendet hatte, drehte sich nun um, besah sich die beiden Haufen mit den Utensilien, trat hinzu, zuckte ergeben mit den Schultern, öffnete zuerst den um Vieles leichter gewordenen Kulturbeutel und schien zufrieden, dass wenigstens die Flasche mit dem Melissengeist drin geblieben war. Dann packte er, was Mondmann ihm übrig gelassen hatte, in den Rucksack. Er verschloss ihn, hob ihn an, legte erstaunt die Stirn in Falten, schulterte sein Rüstzeug, grinste. „Tatsächlich. Ist viel leichter geworden."

„Sehen Sie", bemerkte Mondmann, „mit leichtem Gepäck geht es sich erheblich schöner und angenehmer. Unbeschwerter im wahrsten Sinne des Wortes. Und wenn Sie dann hier oben, im Kopf, noch einiges wegwerfen, ist es doppelt schön. Was machen Sie eigentlich mit Ihren beiden Handys? Wollen Sie die mitnehmen oder wenigstens eins?"

Konrad Vogel schüttelte bedächtig den Kopf. „Verwahren Sie die beiden Handys für mich. Ich will nichts mehr von Frauen wissen. Ihr Vortrag hat mich überzeugt. Der Sinn des Lebens liegt anderswo."

„Und Crissy?"

„Es ist vorbei."

„Ich habe noch ein Amulett in der Schublade. Wenn Sie aus Santiago zurückkommen sind, sollten Sie es ihr geben."

„Nein. Entsorgen Sie es!"

„Das geht nicht. Das darf man nicht einfach wegwerfen. Es ist ein besonderes Zeichen."

„Ich will es nicht mehr. Es erinnert mich nur an die ganzen Katastrophen, die ich erlebt habe."

„Wie Sie meinen. Aber entsorgen kann ich es nicht."

„Machen Sie damit, was Sie wollen."

Damit war für Vogel die Geschichte mit dem Amulett erledigt. Er reichte Mondmann die Hand zum Abschied, schüttelte sie lange, ging abrupt zur Tür. Dort drehte er sich aber noch einmal um.

„Wie ist eigentlich der Pilgergruß auf Spanisch? Was sagt man?"

„Buen Camino!" antwortete der Psychiater. „Das wünsche ich Ihnen auch."

Als Vogel gegangen war, zog Mondmann die Schublade des Schreibtisches auf, holte das Amulett hervor, betrachtete es. Das Sanskrit-Zeichen für Liebe konnte man nicht einfach wegwerfen. Entsorgen! Ein liebloser Vorschlag! Mit einem leichten Achselzucken legte er den Anhänger zurück, schloss die Schublade.

24

Auf die Idee, seinen Patienten den Jakobsweg anzubieten, war Mondmann durch den Fall Peters gekommen. Arnold Peters war wie Kaplan und Donrath ebenfalls eine Ausnahme, auf die sein Gesetz nicht zutraf. Denn hinter der Störung stand keine verrückte Frau. Peters war durch sein Auto entmündigt worden. Es war ein spezieller Fall, der so selten vorkommen mochte wie ein Sechser im Lotto. Aber er war vorgekommen.

Peters fuhr einen Wagen mit modernster elektronischer Technik. Da gab es nicht nur ein ABS-System, sondern auch ASR, SBR, MSR, MAR. Das Cockpit mit dem Bordcomputer stand einem Düsenjet in nichts nach, außer dass der Wagen keinen Höhenmesser hatte und nicht fliegen konnte. Die Bedeutung all der Abkürzungen, die ihm Peters aufgezählt hatte, konnte Mondmann nicht behalten. Aber so viel hatte er verstanden. Da wurden dem Fahrer viele Funktionen und Eingriffe abgenommen, die das Fahrzeug selbstständig vornahm. Geschwindigkeit, Radstände, Haftungen auf dem Straßenbelag, Einparken und vieles, vieles mehr regulierte der Bordcomputer. Der Fahrer hatte sich darum nicht mehr zu kümmern. An jenem Tag, als Peters in sein Unglück schlitterte, hatte es besonders starke Solarstürme gegeben, die wohl verantwortlich für das Geschehen waren. Jedenfalls drehte der Computer auf der Autobahn von Bonn nach Köln durch. Der Wagen fuhr nur ruckweise, blieb stehen, schoss wieder mit hoher Beschleunigung nach vorne, und überall im Cockpit blinkten Lichter und es piepte in verschiedenen Frequenzen. Schließlich war es Peters gelungen, auf dem Standstreifen zu halten, aber er schaltete die Zündung nicht ganz aus, sondern ließ sie auf der verhängnisvollen Stellung MAR. Er war gerade hinter dem Wagen, um Warndreieck und orangefarbene Weste aus dem Kofferraum zu holen, als das Auto sich wieder selbstständig machte, zurücksetzte, ihn zur Seite schleuderte, Geschwindigkeit aufnahm, die Überholspur erreichte und verkehrt herum Richtung Bonn fuhr. Einen rückwärts fahrenden Geisterfahrer hatte man bis dahin noch nicht erlebt. Und so kam es nach nur ein paar hundert Metern zu einer Massenkarambolage, die Peters, der inzwischen hilflos auf der Leitplanke saß, aus der Ferne miterlebte. Gott sei Dank hatte es wie durch ein Wunder keine Toten gegeben, sondern nur Verletzte. Aber fortan war er nicht mehr fähig, ein Auto zu besteigen, gar es zu fahren, und er war so durcheinander, entnervt und traumatisiert, dass er in der Mondmannschen Anstalt landete, wo er sich Hilfe versprach.

In den Gesprächen mit dem Psychiater hatte er nur noch geheult und geschimpft auf die wahnsinnige, durch und durch motorisierte Welt. Auf all die Verrückten, die nur noch auf vier Rädern durch die Landschaft rasten. Mondmann hatte zu der Zeit gerade Kerkelings ‚Ich bin dann mal weg' gelesen und war auf die Idee gekommen, diesem außergewöhnlichen Patienten den Jakobsweg zu empfehlen. Da hätte er Stille, Entschleunigung und würde sich abseits des üblichen Wahnsinns bewegen. Das täte ihm doch bestimmt gut. Dann hätte er keine Psychiatrie mehr nötig. Freuen würde er, Mondmann, sich, wenn er danach einen kleinen Bericht bekäme.

Peters war auf den Vorschlag eingegangen. Da er als Manager einer Bank einen guten Beruf und auch für etwaige Risiken des Lebens gut vorgesorgt hatte, nahm er den Vorschlag an, hängte den Job an den Nagel, machte sich tatsächlich auf den Weg nach Santiago de Compostela. Lange Zeit hörte Mondmann nichts von ihm. Erst nach einem Jahr kam die Rückmeldung. Sie kam in Form einer schriftlichen Einladung. „Ich würde mich freuen, Sie auf meinen kleinen Bauernhof im ehemaligen Freistaat Lorch einzuladen. Dann berichte ich Ihnen, wie es mir ergangen ist."

Lorch? Kannte Mondmann nicht. Freistaat? Er recherchierte im Internet. Es hatte tatsächlich einmal einen Freistaat Lorch gegeben. Lorch war ein Ort am Rhein. Rechtsrheinisch, ein paar Kilometer vor Rüdesheim. Nach dem ersten Weltkrieg hatten Amerikaner und Franzosen die

Region am Rhein aufgeteilt und bei einem weinseligen Abend die Gebiete mit dem Zirkel abgesteckt und übersehen, dass ein Gebiet in der Form eines Flaschenhalses übrig geblieben war. Das stand nun weder unter amerikanischer noch unter französischer und auch nicht unter preußischer Verwaltung. Es war schlicht übersehen worden. Da es von jeder offiziellen Versorgung abgeschnitten war, wurde es ein Paradies für Schmuggler. Der Bürgermeister von Lorch ließ eigenes Geld und eigene Briefmarken drucken, rief den ‚Freistaat Flaschenhals' und die Autarkie aus. Bis den Franzosen das selbstständige Treiben zu bunt wurde. Nach vier Jahren steckten sie den mutigen Bürgermeister ins Gefängnis.

Auf ihre Historie waren die Lorcher immer noch stolz und kurbelten mit dem Prädikat ‚Freistaat' munter den Tourismus an. Dahin also hatte es Peters verschlagen. Mondmann ließ es sich nicht nehmen, seinen ehemaligen Patienten zu besuchen und war überrascht, wie idyllisch der es sich eingerichtet hatte. Fernab vom Verkehr hatte er sich in einem Weiler oberhalb von Lorch einen Bauernhof gekauft und wohnte dort mit zwei Eseln. Peters wirkte da oben auf der Rheinhöhe ruhig und zufrieden. Er sah sogar richtig verjüngt aus. Mondmann hatte ein zerknautschtes, heulendes Gesicht in Erinnerung gehabt. Peters fuhr sogar wieder Auto. Aber keins mit Computertechnik. Er hatte einen alten 2 CV, eine Ente, aufgetrieben. Da musste man noch auf alles selber achten und wurde nicht entmündigt. Damit fuhr er auf ruhiger Strecke nach unten, nach Lorch, um einzukaufen. Ob ihm das nichts ausmache, so

134

abgeschieden und alleine zu leben, hatte der Psychiater gefragt. Peters hatte nur gelacht. „Ich habe doch zwei wundervolle Esel. Vielleicht kommt ja noch eine Frau dazu." Und dann hatte er vom Jakobsweg berichtet, von jenem wunderbaren Gefühl, Zeit zu haben, keine Autos mehr zu sehen, wenigstens die meiste Strecke über. Schön sei es, in Ruhe alles am Wegesrand betrachten zu können, durch gemütliche Dörfer zu kommen, vor einem Bistro in der Sonne zu sitzen, tagsüber einen Kaffee, abends ein Glas Wein. Ja, herrlich sei das gewesen. Genau das Richtige für ihn.

Mondmann, der selber noch nie gegangen war, sondern nur darüber gelesen hatte, war durch den Besuch bei Peters zu dem Entschluss gekommen, den Jakobsweg, diese wunderbare Medizin, voll in sein therapeutisches Programm aufzunehmen. Was bei Peters geholfen hatte, würde sich auch bei anderen bewähren.

25

„Sie denken an den Vortrag heute?" fragte Frau Gabriel.

„Schon wieder? Ich habe kein Manuskript. Welcher Vortrag?"

„Nein, nicht Ihr eigener. Sie wollten heute zu einem Vortrag nach Kornelimünster. Um 20 Uhr."

„Vortrag? Ach so, ja." Mondmann erinnerte sich. Stern und die ‚Flucht vor dem Weib'. „Kornelimünster. Wo ist das überhaupt? Im Münsterland?" fragte er.

„Nein, Herr Dr. Mondmann. Das liegt bei Aachen."

„Bei Aachen. So, so. Habe ich am Nachmittag Gesprächstermine?"

„Nein. Den Nachmittag habe ich Ihnen frei gehalten. Sie haben heute Vormittag nur Jaspers."

„Können Sie den nicht übernehmen? Sie müssen nur zuhören."

„Aber Herr Dr. Mondmann. Ich habe keine freie Minute. Wollen Sie, dass die Verwaltung zusammenbricht?"

„Natürlich nicht. War nur so eine Idee. Jaspers erzählt immer dasselbe und ich habe es auch noch nie verstanden."

Hildegard Gabriel hob die Augenbrauen. „So? Was erzählt er denn?"

„Jaspers ist von Beruf Uhrmacher. Jetzt bastelt er an einer Uhr, mit der man die Zeit zurückdrehen kann. Ein ziemlich kompliziertes Ding."

„Zurückdrehen? Kann man doch bei jedem Wecker und jeder Armbanduhr."

„Ich weiß. Die Zeiger, aber nicht die Zeit. Jaspers konstruiert eine Uhr, mit der man nicht nur die Zeiger, sondern auch die Zeit zurückdrehen kann."

„Das geht doch gar nicht."

„Eben. Deswegen ist er ja auch hier. So ganz verrückt ist die Idee aber gar nicht. Wissen Sie, Jaspers hat einmal bei Einstein gelesen, dass man in die Vergangenheit reisen kann, wenn man sich mit mehr als Lichtgeschwindigkeit bewegt. Oder so ähnlich. Ich bin kein Physiker. Nun, Jaspers baut an einer Uhr, deren Zeiger sich mit mehr als Lichtgeschwindigkeit rückwärts dreht. Das geht natürlich nicht, weil noch niemand mehr als

Lichtgeschwindigkeit erreicht hat. Meine ich jedenfalls. So genau weiß ich das nicht. Jaspers benutzt auch keinen normalen Zeiger. Ein Laserstrahl streicht über das Ziffernblatt. Den Sekunden- und Minutenzeiger spart er sich. Er hat nur eine Anzeige für die Stunden. Bei jeder Sitzung bringt er sein Modell mit und erklärt es mir. Immerhin ist es ihm gelungen, den Zeiger so schnell zu machen, dass Sie ihn nicht mehr sehen. Das heißt, Sie nehmen nur noch ein einheitliches violettes Leuchten wahr. Kann man sich so ähnlich vorstellen wie bei einem Propellerflugzeug. Da können Sie die einzelnen Propellerflügel auch nicht mehr sehen. Nur noch einen rotierenden Kreis. Der Laserstrahl zeigt sich erst, wenn Jaspers die Geschwindigkeit drosselt."

„Wie kommt er dazu?" fragte Frau Gabriel. „Was veranlasst ihn, so etwas Unmögliches zu versuchen?"

„Nun, ja. Er will die Zeit zurückdrehen in eine unbeschwerte Jugend, als er noch keinen Kummer mit dem weiblichen Geschlecht hatte. Einfach die übliche Geschichte, die in unserem Haus passiert. Vielleicht gelingt es mir, ihn irgendwann in die Realität zurückzuholen. Allerdings ist er nicht unglücklich. Er hat eine Beschäftigung, die ihn ausfüllt."

„Seltsamer Kerl, dieser Jaspers", bemerkte Hildegard Gabriel. „Erinnern Sie sich, wie ich einmal meinen Hund bei mir im Sekretariat hatte?"

Mondmann nickte. „Sicher erinnere mich. Sogar noch an den Namen. Tobi, nicht wahr? Ein russischer Terrier."

„Ja. Und wissen Sie, was da mit dem Herrn Jaspers passiert ist?"

„Nein. Er hat mir nichts davon erzählt."

„Jaspers kommt herein, sieht den Hund, schlägt die Hände über dem Kopf zusammen, ruft ‚O Gott. O Gott!', dreht sich um und verlässt fluchtartig den Raum. Er hat eine Hundephobie?"

„Nein, unglückliche Erinnerungen. Wissen Sie, seine Frau hat eine Hundeschule. Eine sehr resolute Person, wie ich Jaspers Erzählungen entnehmen kann. Und Jaspers hat eine, wie wir sagen, latente Domina-Affinität. Er ist gerne unterwürfig. Seine Frau hat zu ihren Freundinnen einmal gesagt: ‚Ihr habt eure Kerle nicht im Griff. Meinen könnte ich sogar dazu bewegen, dass er mir auf vier Beinen die Zeitung aus dem Briefkasten holt und bringt. Wetten?' Sie haben gewettet. Und zwar um eine Reise nach Korfu."

„Und? Sagen Sie nicht, er hat es gemacht."

„Doch. Er hatte sogar Spaß daran. Seine Frau hat das zum Beweis auf Video aufgenommen und den Freundinnen gezeigt. Jaspers hat diese seltsame Nummer dann sogar freiwillig weiter gemacht, seiner Frau schwarze Lederkleidung und eine Peitsche gekauft und sie gebeten, ihn an der Leine ins Schlafzimmer zu führen."

Frau Gabriel schüttelte den Kopf. „Was es nicht alles gibt!"

„Ja, ja. Die Frau hat ihm den Vogel gezeigt und ist mit ihren Freundinnen nach Korfu geflogen und dort geblieben. Sie hatte einen Griechen kennen gelernt. Jaspers ist danach völlig durchgedreht, auf allen Vieren die Dorfstraße entlang gekrochen und

138

hat gerufen: ‚Wo ist meine Frau?' Ja, Frau Gabriel, das ist das Dilemma. Gehorchen die Kerle, werden sie verachtet. Gehorchen sie nicht, haben sie immer Querelen im Haus."

„Dann seien Sie froh, dass Sie alleine leben", bemerkte Hildegard Gabriel. „Sie denken an den Vortrag? Um 20 Uhr in Kornelimünster. Ich drucke Ihnen die Route aus."

„Nicht notwendig. Ich gebe das in meinen Navi ein." Mondmann schwieg eine Weile, fuhr dann fort: „Bei Aachen, sagten Sie? Wie nahe oder wie weit?"

„Etwa acht Kilometer. Warum?"

„Nur so."

Als Hildegard Gabriel gegangen war, setzte Mondmann sich an den Schreibtisch, zog die Schublade auf, holte das Amulett hervor, hielt es in der Hand, betrachtete es eine Weile. Dann steckte er es in die Tasche seines Jacketts.

26

An den Fassaden der Schlossanlage von Kornelimünster rankte Wein. Es war Mitte September, die Zeit kurz vor der Nachtgleiche. Der Herbst kündigte sich an, und die Blätter hatten sich schon nach Rot verfärbt. Es war ein warmes, tiefes, leuchtendes Rot wie die Farben des Indian Summer. Mondmann, der den Ort an der Inde rasch gefunden hatte, durchschritt nachdenklich den Schlosspark. Wenn er selber doch einmal noch so glühen könnte, statt das Leben in einem eher langweiligen und ereignislosen Gleichmaß zu verbringen! Wo waren die Abenteuer der Jugend geblieben? Jenes frohe Schlagen des Herzens und die Leichtigkeit des Seins, die er nur noch theoretisch erörterte, ohne sie wirklich zu fühlen, zu erleben. Jetzt war er schon wieder auf dem Weg zu einem Vortrag. Worte waren es, nur Worte. Theorien, Überlegungen, nichts sinnlich Greifbares. Mit diesen Gedanken ging er an dem leuchtenden Rot der Reben vorbei, folgte den Plakaten, die mit ihren Pfeilen zum Südflügel der ehemaligen Reichsabtei von Kornelimünster führten.

Als er den Vortragssaal betrat, wunderte er sich, dass Stern ein so großes Publikum versammelt hatte. Er schätzte die Zahl der Zuhörer auf etwa zweihundert. Nur noch ein paar Stühle in der letzten Reihe waren frei. Das Thema schien nicht nur Frauen zu interessieren. Mindestens die Hälfte waren Männer. Der Titel des Vortrags ,Die Flucht vor dem Weib' musste sie angesprochen haben. In der Regel waren es nach seiner Erfahrung eher Frauen, die auf solche Veranstaltungen neugierig waren. Männer versammelten sich in Stadien, bei Auto- oder Motorradrennen, in Spielhöllen oder hingen zu Hause vor dem Fernseher, um die Sportschau zu sehen. In Museen oder bei Vorträgen sah man sie seltener. Kultur schien, statistisch gesehen, ein Privileg der Frau zu sein.

Kaum hatte er sich gesetzt, da betrat Stern, der verschmitzt zu lächeln schien wie Albert Einstein und diesem auch von Statur und im Gesicht glich, den Saal, bestieg eine Stufe zum Pult, breitete sein Manuskript aus, goss sich Mineralwasser in ein

Glas, richtete das Mikro, sagte zur Probe „eins, zwei, drei" und dann mit einer leichten Verbeugung: „Ich begrüße Sie alle recht herzlich zu meinem heutigen Thema und hoffe, dass Sie einen Abend erleben, der nachhaltig sein wird." Er ließ den Blick über das Publikum schweifen, als prüfe er jeden Einzelnen, ob er ihn kenne oder nicht. Er entdeckte Mondmann hinten in der Reihe, hob die Hand, lächelte ihm zu. „Ich sehe, es sind auch Leute vom Fach hier", bemerkte er.

„So, meine verehrten Damen und Herren", begann er mit dem Vortrag. „Das Thema ist ein wenig irreführend formuliert. Mit Absicht. Damit sich der Saal füllt. Das ist ja auch gelungen. Eigentlich müsste es heißen ‚Die Flucht vor der Weiblichkeit'. Es geht um die Pathologie des Zeitgeistes. Das geht uns alle an und nicht nur Männer, die vor Frauen fliehen. Ich kenne einen geschätzten Kollegen, der davon aus reicher Erfahrung berichten könnte. Er weilt heute unter uns, und ich hoffe, er steht mir bei der Diskussion nach meinem Vortrag hilfreich bei. Es geht bei meinem Vortrag nicht darum, ob ein Mann sich aus dem Staub macht, weil er mit seiner Frau oder Freundin nicht mehr klarkommt, sondern es geht um eine grundlegende menschliche Eigenschaft, nämlich die Weiblichkeit. Der Mensch unserer Zeit ist mehr und mehr zum Macher geworden, zum Ingenieur, zum Architekten, zum Techniker, zum Rationalisten. Das Großhirn, wo die Ratio sitzt, ist auf Kosten des Kleinhirns mehr und mehr gewachsen, hat eine unserer kostbarsten Gaben verdrängt, nämlich Gefühl und Intuition. Weiblichkeit heißt empfangen können, hinhören können, geschehen lassen können, fühlen können, sich hingeben können. Es ist eine konkave Eigenschaft. So wie Maria zu dem Erzengel Gabriel sagt: ‚Es geschehe nach deinem Wort!' Wir haben diese Gabe der Empfängnisbereitschaft verloren, können uns nicht mehr hingeben. Wir sind nur noch konvex. Wir müssen machen, planen, beherrschen und verhalten uns selbst der Natur gegenüber so und vergewaltigen sie, wie wir uns selbst vergewaltigen und unsere innerste Natur verleugnen. Wir sind alle in die Technikfalle geraten und auch in die Falle des Feminismus getappt, der die Weiblichkeit leugnet, als gäbe es keinen Unterschied zwischen Mann und Frau. Der Unterschied ist aber gewaltig. Frauen sind konkav empfangend, Männer konvex gebend. Das ist wichtig. Das gestaltet die Welt. Heute glauben die Frauen, sich an dem Rattenrennen der Männer beteiligen zu müssen, stürzen sich und auch die Männer damit ins Unglück, in die Hektik, Ruhelosigkeit und Krankheit, statt einen Gegenpol zu bilden. Es gibt keine Muße mehr. Die Gesellschaft ist zum Irrenhaus geworden. Statt ihr eigenes Wesen heilbringend zu entwickeln und zu stärken, machen die Frauen den ganzen Unsinn der Männer mit, äffen sie nach, konkurrieren und sind nicht mehr die Heimat, die der Mann eigentlich braucht.

Das weibliche Prinzip ist ruhig und empfangend, das männliche aktiv. Beide Prinzipien müssen eine Einheit bilden, so wie im Taoismus das Yin und das Yang. Eine solche Einheit ergibt sich nur aus der Polarität. Aber diese haben wir eingeebnet, vergessen, geleugnet. Und so läuft unsere Welt mehr und mehr ins Unglück, weil wir diese Einheit nicht mehr kennen. Dieses Unglück wird schon in der Apokalypse vorausgesagt. Der Teufel greift zuerst die Frau an, verdirbt das Mysterium der Weiblichkeit, so dass alles aus dem Ruder läuft. Oh, wie recht hatte unser Goethe, wenn er seinen Faust sagen lässt: ,Alles Weibliche zieht uns hinan!' Ist die Weiblichkeit aber gestört, stürzen wir nur noch ab. Ich werde Ihnen an einigen Beispielen darlegen, wie diese Wandlung, an der auch Männer maßgeblich mitgewirkt haben, geschehen konnte. Ich nehme dazu als Beispiele die Philosophen Descartes, Sartre und Nietzsche. Und als klassisches Fluchtexempel den Dichter Leo Tolstoj, der in betagtem Alter seiner Ehefrau entfloh, um in Ruhe sterben zu können. Was die Frauen betrifft, befasse ich mich besonders mit George Sand, Simone de Beauvoir und unserer allseits geschätzten Alice, bei denen sich der Ruf nach Gerechtigkeit und gleicher Behandlung in die Unterstellung der Unterschiedslosigkeit gewandelt hat. Eine teuflische, dialektische Konstruktion, eine Leugnung der geschlechtlichen Polarität, die zu nichts anderem als zu einer Katastrophe führen kann."

Einzelne Pfiffe von Frauen waren jetzt zu hören, während, wie Mondmann bemerkte, die Männer nickten und lächelten. Eine der Frauen erhob sich. „Was erzählen Sie denn da für einen Stuss!" rief sie Stern entgegen. „Ich habe dreißig Jahre gearbeitet, zwei Kinder alleine großgezogen. Jetzt bekomme ich eine Rente, von der ich nicht leben kann. Die 50 Euro Müttergeld nimmt mir das Sozialamt wieder weg. Ich komme mir vor wie eine Bettlerin. Um halbwegs klarzukommen, muss ich bei reichen Bonzen putzen gehen, ruiniere meine Gesundheit. Wissen Sie, wie das ist, wenn das Selbstbewusstsein auf den Nullpunkt sinkt? Sie können hier schön reden, kassieren auch noch ein fettes Honorar für Ihren Blödsinn. Solche Verhältnisse haben doch Männer geschaffen, nicht wir Frauen."

Stern hatte ruhig zugehört. Er schien solche Zwischenrufe gewohnt zu sein. „Ich rede weder dem Patriarchat das Wort noch dem militanten Feminismus, der die Unterschiede zwischen Mann und Frau leugnet", antwortete er. „Ich bestreite nicht all die Ungerechtigkeiten, die Männer verursacht haben. Ich bestreite auch nicht das gerechte Anliegen der Frauen, diese Ungerechtigkeiten zu beseitigen. Frauen haben keine Kriege angezettelt, sind nicht schuld an dem globalen Irrsinn, dessen Ursache Profit- und Machtgier sind. Ich möchte an die Wurzel all des Elends und rede deshalb über die Metaphysik der Weiblichkeit. Das betrifft beide Geschlechter. Zu dem fetten Honorar möchte ich übrigens bemerken, dass ich nichts bekomme. Es geht mir alleine um die Sache. Diesen Luxus, und das mag eine Ungerechtigkeit sein, darf ich mir allerdings als emeritierter Professor für Psychologie leisten. Wir können nachher gerne weiter darüber diskutieren. Jetzt möchte ich aber zunächst mit meinem Vortrag fortfahren."

Stern drehte sein erstes Manuskriptblatt um, nahm sich nun den Unglücksraben Descartes vor, der mit seinem ‚Cogito, ergo sum' die Vormachtstellung der Ratio und den folgenden

Triumphzug der Technik eingeleitet hatte. „Dieser Mann ist der Erfinder eines unseligen Dualismus, teilt das Universum in eine ‚res cogitans', ein abstruses denkendes Etwas und in eine ‚res extensa', einen kalten Raum ohne jedes Gefühl. Descartes übrigens, meine lieben Zuhörer, war seine Entdeckung selbst nicht geheuer. Reuig hat er eine Wallfahrt zu ‚Unserer Lieben Frau von Loretto' versprochen. Gewiss, er hat unseren viel gelobten Naturwissenschaften den Weg geebnet. Aber kalt ist dadurch unsere Welt geworden, weil, meine lieben Zuhörer, eine Methode zur Mentalität wurde. Das Werk dieses Philosophen, die ‚Scientia Mirabilis' ist das Pfingsten des Rationalismus. Descartes ist natürlich nicht der Einzige, der die Welt zersplittert hat. Denken Sie auch an Carnap, diesen Erzpositivisten. Und denken Sie auch an…"

Mondmann hörte jetzt nur noch halb hin. In eigenen Gedanken versunken hatte er die Hand in die Tasche des Jacketts gesteckt, befühlte dort das Amulett mit dem Schriftzug des Sanskrit, überlegte: Soll ich oder soll ich nicht? Kornelimünster lag nur ein paar Kilometer von Aachen entfernt und nach dem Vortrag könnte er doch den Domkeller auf ein kleines Bier oder auch einen Kaffee besuchen und Crissy das Amulett überreichen. Er zögerte noch. Was mochte sie denken, wenn auf einmal Vogels Psychiater bei ihr auftauchte? War das Interesse nicht zu offensichtlich? Konnte er eine unverfängliche Erklärung vortragen? All das wusste er noch nicht und darum drehten sich jetzt seine Gedanken, so dass er von Sterns Ausführungen kaum noch etwas mitbekam.

„Ich hatte hier in der Nähe zu tun, in Kornelimünster", könnte er sagen. „Herr Vogel hat mich gebeten, Ihnen dieses Amulett zurück zu bringen. Er selbst war nicht mehr in der Lage dazu, wollte es nicht. Darf solch ein wertvolles Symbol einfach irgendwo liegen bleiben? Darf es gar weggeworfen werden? Nein!" Aber war das nicht allzu fadenscheinig, zu dürftig? Diese Frau würde clever genug sein, ihn zu durchschauen. Oder aber: Er konnte den Überraschten spielen, der zufällig in den Domkeller gegangen und nun erstaunt war, ausgerechnet sie hinter der Theke anzutreffen. Was für ein Zufall! Vielleicht war es auch das Beste, das Amulett nicht ins Spiel zu bringen, jedenfalls nicht zu diesem Zeitpunkt. Mondmann wusste noch nicht, was er sagen sollte. Die Situation würde es spontan ergeben. Als Stern seinen Vortrag unter Pfiffen wie auch Beifall geendet hatte, erhob er sich rasch, verließ den Saal, noch bevor ihn der Kollege zu einem Diskussionsbeitrag und einem nachfolgenden Abendplausch einladen konnte.

27

Es war gegen zehn am Abend. Mondmann stand unschlüssig vor dem Domkeller, zögerte noch hinein zu gehen. Die Tische und Stühle draußen waren von einem Regenguss nass. Im Türrahmen stand ein einsamer Raucher, zog an seiner Zigarette, blies den Rauch einem grauen Nachthimmel entgegen, in den sich im Hintergrund ein angestrahlter Turm des Doms erhob. Ein paar verspätete Touristen hasteten über die Pflastersteine vorbei. Das Wetter war kalt, feucht, zu kalt für einen gerade zu Ende gegangenen Spätsommer. Er betrachtete die Fassade mit den roten Klinkersteinen und den Butzenscheiben, bewunderte die Blumenkästen mit den üppigen Girlanden roter und weißer Begonien, studierte die Getränke- und Speisekarte neben dem Eingang. „Komm erin, Jung!" sagte der Raucher. „Hei krieste et beste Bier va Oochen. Da is noch jenge dra gestorve."

„Hab' ich auch nicht vor", entgegnete Mondmann. „Nun gut, mal sehen, ob das stimmt." Er schob sich an dem Raucher vorbei, drückte die Innentür auf, warf einen ersten Blick in den Raum. Vor der Theke standen zwei junge Männer, lachten, gestikulierten. Dahinter zapfte Crissy gerade ein Bier. Mondmann hörte, wie sie sagte: „Was ihr mal wieder behauptet!" Als er an der Theke vorbei ging, um sich an einen der kleinen Tische an der Wand gegenüber zu setzen, sah sie auf, stellte für einen Moment das Glas ab, legte die Stirn in Falten, hob die Augenbrauen. Mondmann, bevor er sich den Stuhl zurecht rückte, warf einen kurzen Blick auf ein meterlanges Gemälde an der Wand hinter dem Tisch. An einem gelbweißen Himmel stand eine Sonne mit einem grinsenden Hundegesicht, hineingemalt wie aus einem Comic. Darunter führte eine in grün und blau gemalte Figur mit verzerrter Grimasse einen Veitstanz auf. Die Augen waren große weiße Kreise, in denen zwei blaue Kugeln rollten. Die Haare standen hoch wie die Stacheln eines Igels. Und das linke Bein des Tänzers war einer Ziehharmonika gleich absurd in die Länge gezogen. Darunter stand in großen schwarzen Buchstaben ‚Sonnenstich'.

Crissy schob den beiden Männern ein frisches Bier zu. Dann kam sie mit tänzerischen Bewegungen zu einem Song, der gerade lief, an den Tisch. Sie trug eng anliegende Jeans, ein schwarzes Röckchen darüber, eine weiße Seidenbluse, an den Füßen türkisfarbene Basketballschuhe.

„So? Der Herr Psychiater. Gibt es einen besonderen Anlass?"

„Nein. Ich bin zufällig hier, war bei einem Vortrag. Jetzt möchte ich nur wissen, ob es im Domkeller tatsächlich das beste Bier von ganz Aachen gibt, wie man mir erzählt hat."

„Selbstverständlich gibt es hier das beste. Und das bei zwanzig verschiedenen Sorten. Kölsch, Pils, Guiness, Weizen, Alt, Schwarzbier, Zwickel und so weiter. Vielleicht haben Sie auch einen außergewöhnlichen Geschmack und möchten ein Bananenweizen. Ich bringe Ihnen die Karte."

„Nicht nötig. Schon entschieden. Ein Guiness bitte!"

„Was ist mit Konrad?" fragte sie. „Ich höre nichts mehr von ihm. Das letzte Lebenszeichen kam vor zwei Wochen. Telefonisch. ‚Ich möchte ein neues Leben beginnen. Ohne dich. Das war alles, was er gesagt hat.'"

„Er ist wahrscheinlich in Spanien. Bei mir im Haus ist er nicht mehr. Wir können uns gerne später darüber unterhalten."

„In Spanien? Was macht er denn da?"

„Erkläre ich Ihnen gerne später."

148

„Dann müssen Sie aber warten, bis es leerer geworden ist."

„Ich vertreibe mir die Zeit mit Guiness."

„Gut. Und Sie sagen mir dann, warum Sie wirklich gekommen sind. Es gibt keine Zufälle."

„Nachschub!" rief einer der beiden Männer von der Theke her. „Wir verdursten."

„Hier verdurstet niemand", rief sie zurück. „Herr Doktor..." Ein fragender Blick traf ihn. „Mondmann", sagte er.

„Ach ja. Ihr Guiness kommt sofort. Wie möchten Sie's? Raumtemperatur, kalt, eiskalt."

„Eiskalt."

Sie begab sich wieder zur Theke, verschwand dahinter. Er hörte, wie sich eine Klappe unter der Theke öffnete und wieder schloss. Sie hielt eine mit weißem Reif beschlagene Flasche in der Hand. „Geduldet euch noch ein paar Sekunden", beschied sie die Beiden an der Theke. „Hoher Besuch aus Bonn." Und dann fügte sie flüsternd hinzu, aber nicht leise genug, so dass Mondmann es hören konnte: „Psychojunkie. Psychiater. Da müsstet ihr euch auch mal behandeln lassen."

Einer der beiden lachte. „Die haben doch selber einen an der Klatsche!"

Mit der Flasche und einem Glas erschien sie wieder bei Mondmann. „So. Spezielle Temperatur. Wenn Sie noch eins möchten, winken Sie einfach."

Mondmann nickte, strich mit den Fingern über den Reif, der sich löste, so dass kurvige Spuren auf der Flasche entstanden. Dann goss er sich das Glas voll und nippte an dem eiskalten cremigen Schaum. Eiskaltes Guiness war ein Genuss. Das trank er manchmal auch zu Hause und stellte es dazu für eine gewisse Zeit in das Tiefkühlfach.

Er drehte sich um, betrachtete wieder das Bild. Den verrückten Tanz, die Grimasse des Wahnsinnigen, die grinsende Sonne mit ihren stacheligen Strahlen. „Verrückt bin ich wohl auch", murmelte er. „Dass ich hierhin komme. Weil ich mich für die Freundin eines Patienten interessiere. Interessiere? Nein. Wissenschaftliches Interesse? Nein. Sie macht mich irgendwie an. Sie ist auf irgendeine Weise ungeheuer attraktiv."

Er trank jetzt in größeren Schlucken. Den Wagen würde er in der Seitenstraße stehen lassen, sich ein Hotelzimmer nehmen. Wie hieß die Straße? Ach ja, Rommelgasse. Der Wagen wäre am Morgen leicht zu finden. Er würde Crissy bitten, ihm ein Hotelzimmer zu besorgen und ein Taxi zu bestellen. Seinen Führerschein brauchte er noch.

Sie brachte ihm die zweite Flasche. Er fragte: „Das Bild hinter mir, das ist von Ihnen?"
Sie schüttelte den Kopf. „Nein, das ist von Hucky, ein Malerfreund. Gefällt es Ihnen?"
„Sehr eigentümlich. Eine gekonnte Darstellung des Wahnsinns."

Als sie wieder hinter der Theke verschwunden war, dachte er sich: „Einmal ausrasten, einmal die Kontrolle verlieren. Nicht schlecht. Dann könnte er auch seine Patienten besser verstehen. War nicht irgendwie alles egal? Er hatte einiges erlebt, war 65, trieb auf den Tod zu. Die letzten Jahre waren nur langweiliges Gleichmaß gewesen. Was sollte es also, wenn man einmal noch ein Abenteuer wagte? Sein Beruf schützte ihn nicht vor dem Sterben. Das kam auf alle zu, und alle verdrängten es. Er lauschte einem Song, der jetzt aus den Lautsprechern des Domkellers kam. „Heilalaleilalalei. Das ist die Leichtigkeit des Seins." Er ging zur Toilette, besah sein Gesicht im Spiegel. Ein paar Falten. Nun ja. Die Zähne, immer noch die originalen, waren nicht mehr so weiß wie früher. Er zupfte sich ein paar Härchen aus den Ohren, strich sich die Augenbrauen glatt, fuhr sich mit dem Kamm durch die weißgrauen Haare. George Clooney war er nicht. Aber vielleicht immer noch passabel. Auch für eine Jüngere. Als er wieder an seinem Tisch saß, fiel ihm sogar ein Reim ein: „Einmal einen Sonnenstich, wäre doch ganz gut für mich." Er beobachtete Crissy, lächelte. Sie war einfach süß.

28

Gegen zwölf war der Domkeller leer. Wie auch die fünfte Flasche, die Mondmann getrunken hatte. Die Pärchen an den Tischen waren gegangen. Die beiden Männer an der Theke hatten gemurrt: „So früh?" Aber Crissy hatte ihnen bedeutet, heute weniger Zeit zu haben.

„Kommen Sie ruhig zu mir an die Theke!" forderte sie Mondmann auf. „Ich spendiere Ihnen noch ein Guiness." Als er aufstand und zu ihr ging, begutachtete sie seinen aufrechten Gang. „Sie vertragen ja einiges", bemerkte sie. „Nach fünf Flaschen Guiness schwanken andere schon. Sie wollen doch nicht etwa mit dem Auto...?"

„Nein, nein. Es wird sich ja in Aachen ein Hotelzimmer finden und ein Taxi bestellen lassen."

„Wenn Sie zu viel Geld haben. Ich kenne eine billigere Lösung."

„Und? Welche?"

Sie sah ihn mit ihren Augen, die an das erste samtene Blau des Abendhimmels erinnerten, schelmisch an. „Wenn Sie daran denken! Sie betonte das ‚daran'. Die nicht. Eine andere. Das Nachbarhaus gehört auch zum Domkeller. Es hat zwei Galerieräume. In einer Nische hinter der Wendeltreppe liegt eine Matratze mit einer Decke. Ich schlafe manchmal da. Wenn Sie wollen, können Sie sich da hinlegen. Die Toilette ist im ersten Stock. Ich muss Sie allerdings einschließen, lasse Sie um zehn wieder laufen. Sie sparen sich Hotel und Taxi. Wir haben etwas mehr Zeit, um miteinander zu reden. Und außerdem können Sie meine Bilder betrachten."

„Gerne", ging Mondmann auf den Vorschlag ein. „Hotels sind unpersönlich."

Sie holte eine weitere Flasche Guiness aus dem Verschlag unter der Theke, schob ihm ein Glas hin, öffnete die Flasche, goss ein. Sich selber zapfte sie ein Pils. „Bei einem oder zwei kann ich noch locker fahren", meinte sie. „Außerdem kenne ich die Schleichwege hier. Also, was ist mit Konrad? Spanien?"

152

„Ja. Er hat sich entschlossen, den Jakobsweg zu gehen."

Crissy lachte. „Der? Der ist doch zu faul, hundert Meter zu laufen, wenn er morgens Brötchen holt. Er legt die Strecke mit dem Auto zurück."

„Änderungen sind möglich."

„Und die Schule? Für so einen Weg braucht man doch mehrere Wochen."

„Er wird frühpensioniert."

Sie nahm einen Schluck, schaute ihn über den Rand des Glases an. "Beamter. Beneidenswert. Wenn ich aufhöre, bekäme ich eine mickrige Rente. Die reicht noch nicht mal für eine Hütte auf einem Campingplatz." Sie schwieg eine Weile, fuhr dann fort: „Also, warum sind Sie gekommen?"

Mondmann hob die Schultern, schöpfte mit den Lippen den Schaum des Guiness ab. Keine Ausflüchte, Junge, dachte er. Es geht oder es geht nicht. Verstecken spielen gilt nicht. Sie hat dich sowieso schon durchschaut. Deine Blicke sind ihr nicht entgangen.

„Erstens, weil ich Sie sehr attraktiv finde. Da ist etwas, was mich magisch anzieht. Zweitens hat mir Konrad ein Amulett gegeben. Ich sollte es entsorgen, wie er sagte. Aber das kann ich nicht. So etwas wirft man nicht weg."

Er holte das Amulett mit dem Sanskrit-Zeichen aus der Tasche seines Jacketts, legte es vor sie auf die Theke. „Sie wissen, was es bedeutet?" fragte er.

„Natürlich. Sonst hätte ich es ihm nicht geschenkt." Sie legte jetzt die Stirn in Falten, wirkte ärgerlich. „Entsorgen? Wie kommt er denn auf diese Idee? Er hätte es mir wenigstens persönlich zurückgeben können."

„Hatte ich ihm geraten. Aber er war nicht dazu zu bewegen. Nun ja, und heute war eben die Gelegenheit, es seiner ursprünglichen Besitzerin zurück zu geben."

Sie schob es zur Seite. „Ich will es jetzt auch nicht mehr."

Sie sah ihn prüfend an, hatte die Augen zusammengekniffen, dachte nach. „'Magisch angezogen' sagten Sie? Dann könnte es sein, dass wir uns in einem früheren Leben schon einmal begegnet sind. Aber ich erinnere mich nicht."

„Sie glauben an so etwas?"

„Ich weiß es. Solche Erinnerungen gehen bei den meisten in der Kindheit zurück. Bei mir sind sie geblieben."

„War ich vielleicht Karl der Große?" fragte er mit einem leicht spöttischen Unterton.

„Auf keinen Fall", gab sie zurück. „Bislang bin ich nur unbedeutenden Männern begegnet."

„Danke. Sehr ermutigend."

„Ist nicht böse gemeint. Ich vergleiche Sie nur mit einem Mann, der ein ganzes Reich regierte. Sie haben nur ein Haus mit ein paar komischen Männern drin."

„Das sagen die Männer auch von ihren Frauen."

„Kerle! Die kapieren sowieso nichts. Ein Elefant bewegt sich sanfter. Konrad ist genauso ein Trottel. Und Sie? Sie glauben wahrscheinlich auch nicht an die Wiedergeburt."

Mondmann hob beide Arme der Decke entgegen. „Ich weiß es nicht. Woher soll ich es wissen? Ich erinnere mich jedenfalls an kein Leben davor."

„Ich werde es Ihnen Morgen sagen. Sie sind noch viel zu grobstofflich, um sich erinnern zu können. Kinder können das. Jedenfalls bis zu ihrem sechsten Lebensjahr. Wissen Sie, ich war heute morgen bei einer Akupunktur, saß im Wartezimmer einem Kind gegenüber. Es sah mich mit großen Augen an. Es machte bei dem Kind ‚Ratata' im Kopf. Und dann war die Erinnerung da. Das Kind kannte mich, lächelte. Es erinnerte sich an eine angenehme Begegnung von früher. Kinder schauen einem immer in die Augen. Erinnern sie sich an etwas Böses, weinen sie. Ist es etwas Gutes, lächeln sie. Zeigen sie keine Regung, dann gab es auch nichts aus einem früheren Leben. So einfach ist das. Jedenfalls bei den Kindern."

„Und bei Ihnen? Wie wollen Sie das denn herausfinden?" fragte er.

„Exomatose, Reise mit dem Astralleib. Ich kann mich nachts im Traum zwischen den Ebenen bewegen, in die Tiefe des Meeres tauchen, frei durch den Äther fliegen. Ich kann an mehreren Orten gleichzeitig sein, bin mit dem Wesen der Elemente vertraut. Ich kann Farben zaubern, den Sturm beherrschen, Wolken verschieben, mit der Sonne, dem Mond und den Sternen spielen. Ich werde diese Nacht die Akasha-Chronik besuchen und unter unseren Namen nachschlagen. Dann werde ich sehen, wer du bist und wer du warst. Noch bist du viel zu verstockt, kennst die Schwingungen des Feuers noch nicht. Deine Energie ist noch zu flach, ohne Sonne. Wenn du damit vertraut bist, bist du auch vertraut mit mir. Ich weiß, warum du gekommen bist. Weil du mich begehrst. Du kannst es nicht verheimlichen. Wer mich sucht, der findet mich. Wer mich findet, der erkennt mich. Wer mich erkennt, der liebt mich. Wen ich liebe, den töte ich."

Mondmann hatte während dieser Worte sein Glas in raschen Zügen leer getrunken. „So, so", murmelte er nach ihren Ausführungen zuerst nur, fragte dann aber: „Töten? Warum töten?"

„Das Ego töten. Das ist damit gemeint. Was sonst! Ich bin für den Körper nicht gefährlich, nur für den Kopf."

„Den brauch ich aber noch."

Während ihrer Darlegung war sie zum vertraulichen Du übergegangen, ließ es jetzt aber wieder. Sie trank ihr Bier aus, spülte das Glas. „Ich zeige Ihnen gleich die Galerie. Es ist alles recht spartanisch, aber bequem. Dann können Sie immer noch entscheiden, ob Sie nicht lieber ins Hotel gehen wollen."

„Ist schon in Ordnung. Ich habe keine Lust, jetzt noch ein Hotelzimmer zu suchen. Aber ein Guiness könnte ich noch vertragen. Darf ich übrigens hier rauchen? Mir wäre danach. Es ist ja kein Gast mehr hier."

„Dürfen Sie. Wenn Sie nichts dagegen haben, dass ich Gras rauche."

„Nur, wenn Sie mich auch ziehen lassen", antwortete er lächelnd. „Ist übrigens meine Lieblingsidee. Anbau von Hanf in der Klinik. Aber dann kann ich den Laden dichtmachen. Blödsinnige Gesetze. Die verbieten einem heute

156

alles, was Spaß macht. Und wir lassen uns das gefallen wie in einer Diktatur. Ein völlig verpenntes, schlafmütziges, langweiliges Land."

Sie sah ihn überrascht an, als zeige er ihr plötzlich eine neue, unvermutete Seite. Sie holte ein Döschen aus ihrer Hosentasche zusammen mit einem Beutel Tabak, legte ein Blatt besonders großes Zigarettenpapier auf die Theke, rollte ein Stück Pappe zu einem Mundstück, nahm aus der Dose etwas Gras, vermischte es mit dem Tabak, rollte das Ganze kunstvoll zu einer Zigarette, die mehr einer Tüte ähnelte. Sie zündete an, inhalierte den Rauch, blies ihn mit einem kessen Blick in seine Richtung, reichte ihm den Joint. Er zog, hustete, inhalierte noch einmal, schloss die Augen. Irgendwie hatte er das Gefühl, nicht mehr ganz Herr seiner Sinne zu sein. Was nicht an dem ersten Zigarettenzug liegen konnte, mehr an der Wirkung des Guiness, vielleicht aber auch an ihrer Gegenwart. Jedenfalls hörte er sich sagen: „Ja, es stimmt. Ich begehre Sie. Vielleicht liebe ich Sie auch schon und weiß selber nicht warum. Es ist absurd, verrückt. Da erzähle ich meinen Patienten, sie sollen zu ihrem Selbst finden und wenigstens eine Zeit lang die Finger von den Frauen lassen. Und jetzt stehe ich selber hier und begehre. So etwas!" Er brach plötzlich in Lachen aus.

Sie lächelte amüsiert, nahm ihm den Joint aus der Hand. „Ich muss erst nachschauen, wer Sie sind. Jetzt aber brauche ich einen Tequila."

Sie nahm eine Flasche aus einem Regal, goss sich ein Glas voll, streute Salz hinzu und presste eine

Zitrone aus. Sie nahm einen kräftigen Schluck. „Sie auch?" fragte sie.

„Ich bleibe lieber bei Guiness", antwortete Mondmann.

Sie holte eine weitere Flasche aus dem Verschlag, goss ihm schäumendes Guiness ins Glas. Dann trank sie den Tequila aus, genehmigte sich einen zweiten, drehte einen weiteren Joint. Eine Weile rauchten sie schweigend. Dann sagte sie plötzlich:

„Ich muss Ihnen etwas gestehen, Dottore."

„Ja?"

„Ich mag Sie. Sie sind ein venusischer Mann. Das ist selten. Die Venus folgt der Sichel des Mondes. Es ist das schönste Bild am Himmel. Ich möchte, dass Sie malen. Mit bunter heißer Schokolade auf meiner Haut. Blumen, Schmetterlinge. Was immer Sie wollen. Überall. Und dann genießen Sie es und lecken es ab. Ganz langsam, intensiv. Eine ganze Woche lang. In Lissabon. Wir fliegen dorthin, wohnen in einem Hotel am Tejo. Wir teilen uns die Kosten. Sie erleben den schönsten Oktober Ihres Lebens. Einverstanden?"

Mondmann sah sie mit großen Augen an. „Ja", sagte er. „Ja. Das ist doch mal was."

29

Sie hatte hinter ihm die Tür der Galerie abgeschlossen, gesagt: „Ich lasse Ihnen noch einen Joint hier. Im Raum der Kunst darf man rauchen. Morgen um zehn sind Sie wieder ein freier Mann." Zum Abschied hatte sie sich auf die Zehenspitzen gestellt, ihm einen Kuss auf die Stirn gehaucht. Tschüss, Doc!"

Eine Weile betrachtete er die Bilder an den Wänden. Alles in zarten Pastellfarben gehalten. Abstrakte Farbenspielereien. Hier und da aber ließ sich eine Blüte ausmachen mit einem elfenartigen, hauchfein angedeuteten Gesicht. Es waren zwei Reihen kleinformatiger Bilder, kaum größer als ein Blatt Papier. Nur an der Wand links neben der Eingangstür hing ein einzelnes größeres Format. Es war in Acrylfarben gemalt, in Grau, Weiß, Blau und einem dunklen Rot gehalten. Die Konturen waren schemenhaft verwischt. Aber man konnte eine Wendeltreppe erkennen. Vor ihr, an Größe alles überragend, stand mit dem Rücken zum Betrachter eine in ein langes weißes Gewand gekleidete Frau. Der Saum ihres Gewandes begann am unteren Rand des ungerahmten Bildes. Die Haare, mit einem Schimmer von Gold versehen, schienen über den oberen Rand hinaus zu gehen. Auf dem Boden neben der Frau lagen ineinander verschlungen zwei Seile und ähnelten in ihrer Form einem Violinschlüssel.

Mondmann legte den Joint auf die Fensterbank. Müdigkeit überkam ihn. Die Decke des Raumes schien sich leicht zu drehen, und als er noch einmal einen kurzen Blick auf das Bild warf, sah er statt einer zwei Wendeltreppen. Er löschte das Licht in der Galerie, tastete sich zu der Nische, fand, wie sie es ihm beschrieben hatte, die Matratze, ließ sich darauf fallen, zog sich eine Decke über die Ohren und schlief sofort ein.

Irgendwann in der Nacht fuhr er hoch, öffnete die Augen. Im ersten Moment wusste er nicht, wo er war. Dann fiel ihm der Traum ein, der ihn aufgeschreckt hatte. Er war irgendwo im Freien gewesen, auf einer Wiese, wo in der Mitte eine Bühne aufgebaut war. Darauf lagen ineinander verschlungen zwei Riesenschlangen, die sich ekstatisch wanden. Er war näher getreten, um sich das anzusehen. Auf einmal löste sich eine der Schlangen und kam langsam auf ihn zu. Da war er wach geworden.

Er stand auf, tastete sich zum Lichtschalter, sah auf die Uhr. Es war fünf. Er spürte einen stechenden Schmerz im Kopf. Der Hals war trocken, kratzte. Er ging zurück zu der Nische, entdeckte an der Wand ein Waschbecken, drehte den Hahn auf, trank, ließ sich den kalten Wasserstrahl übers Gesicht laufen. Wie viele Flaschen Guiness hatte er gehabt? Acht, zehn? Er wusste es nicht mehr. Er wusste jetzt nur, dass sich Alkohol und Marihuana schlecht vertrugen. Die Erinnerung an alle Einzelheiten kehrte zurück. Die Erinnerung an ihren verrückten Vorschlag. Eine Woche Lissabon mit Bodypainting und Schokolade ablecken von ihrer Haut. Er hatte zugesagt. Jetzt kam es ihm komisch vor. Er kannte sie ja noch gar nicht richtig. Auf der anderen Seite: Warum nicht? Warum nicht einmal eine Woche lang etwas Besonderes erleben? Außerdem kannte er Lissabon noch nicht. Doch, Crissy war schön, reizvoll, zog ihn magisch an. Wann hatte er das letzte Mal mit einer Frau geschlafen? Das war Jahre her. Und jetzt kam dieses verlockende Angebot. Was würde nach dieser Woche geschehen? Egal. Er würde es ausprobieren. Die Zukunft verlief nicht nach Stundenplan. Hatte er sich verliebt? War es endlich einmal wieder geschehen? Er war sich über seine Gefühle nicht im Klaren. Und jetzt war auch nicht der Moment dafür. Er hätte eher ein Vermögen für eine Tablette Aspirin gegeben. Er löschte wieder das Licht, tastete sich an der Wendeltreppe vorbei zu der Nische, legte sich wieder hin, versuchte zu schlafen. Aber es gelang ihm nicht. Bis zum Morgen lag er wach. Nur hin und wieder fiel er für ein paar Minuten in einen kurzen Dämmerschlaf.

Gegen zehn kam sie, schloss die Galerie auf. Er saß auf einer der Stufen der Wendeltreppe, hatte sein Kinn auf die Hand gestützt. „Alles okay, Doc?" fragte sie. „Sie sehen müde aus."

„Alles okay", antwortete er. „Aber über einen Kaffee würde ich mich jetzt sehr freuen. Und ein Aspirin, wenn Sie haben."

„Kein Problem. Alles da. Den Kaffee mache ich Ihnen im Domkeller."

Crissy sah frisch erholt aus, als hätte es keinen Tequila und keine Joints gegeben. Ein rotes Sommerkleid mit weißen Punkten, das eine Schulter frei ließ und ihre Figur betonte, reichte fast bis zu den Fußknöcheln. So ging sie die paar Meter zum Domkeller vor ihm her, wohl wissend, dass sie sehr attraktiv war. Er hatte den angenehmen Duft ihres Parfüms in der Nase, bewunderte ihren tänzerischen Gang, die Selbstverständlichkeit und Leichtigkeit, mit der sie sich bewegte.

Sie schloss die Tür zum Domkeller hinter ihnen zu. „Ich werde etwas später öffnen. Wir können in

Ruhe einen Kaffee trinken. Und es gibt auch noch etwas zu bereden, falls Sie sich erinnern."

„Lissabon", sagte er. „Natürlich weiß ich das noch."

„Sie bleiben dabei?"

„Ja. Ich werde alles organisieren. Den Flug, das Hotel. Sie müssen mir nur noch sagen, wann. Es ist kein Problem für mich, eine Woche Urlaub zu nehmen. Eine Vertretung habe ich rasch gefunden. Also?"

„Vom ersten bis zum siebten Oktober. Und buchen Sie bitte einen Direktflug ohne Zwischenlandungen auf Mallorca oder in Sevilla. Am besten vom Köln-Bonner Flughafen aus."

Sie lächelte ihn jetzt schelmisch an. „Gut, Doc. Ich hatte schon befürchtet, dass Sie nüchtern anders sind. Ich habe Ihnen die Wahrheit gesagt. Ich finde Sie sympathisch, irgendwie sogar süß. Sie sind neugierig wie ein Kind. Ich freue mich auf unser Abenteuer."

„Hmm. Danke", sagte er etwas verlegen. „Was macht übrigens die Akasha-Chronik? Sind wir uns früher schon einmal begegnet?"

Sie zögerte, schüttelte dann den Kopf. „Über uns habe ich nichts herausgefunden. Aber ich weiß jetzt, wer Sie waren. Sie haben sich achthundert Jahre Zeit gelassen, um wieder zu erscheinen. Sie waren damals ein König aus Spanien, aus Asturien am Atlantik. Sie hatten sich in eine portugiesische Königstochter verliebt und wollten sie entführen. Sie war bereit dazu, ist auf das Schiff gefolgt. Ich habe ein Segelboot gesehen, einen Felsen mit einem falschen Leuchtfeuer vor der Küste, ein Riff, einen

Untergang. Es war ein Verrat. Die Details kenne ich nicht."

„Hmm", bemerkte Mondmann und schlürfte seinen Kaffee. „Interessant. Aber ich weiß nichts davon."

„Das können Sie auch nicht. Bei der Geburt küssen Engel die Erinnerung weg."

Sie sagte das alles in einem völlig normalen Ton, so als sei diese Offenbarung selbstverständlich. Sie glaubte an diesen geheimnisvollen Bereich. Er war für sie so real wie für andere die Dinge, die man sehen, hören, anfassen konnte. Ihm, Mondmann, konnte das egal sein. Dann glaubte sie eben daran. Und so blieb er nicht bei dem Thema, sondern wandte sich verständlicheren Phänomenen zu. Etwas, was man sehen, erwarten, worauf man sich freuen konnte.

„Wer besorgt die Schokolade?" fragte er. „Ich kenne keine bunte zum Malen."

„Das machen Sie. Am besten, wenn Sie auf der Rückfahrt nach Bonn sind. Fahren Sie beim Kölner Schokoladenmuseum vorbei, es ist am Rheinufer, kaufen Sie ein Set zum Bodypainting. Wenn Sie es scharf mögen, kaufen Sie auch dunkle Nougat mit Chili. Pinsel brauchen Sie nicht. Das macht man mit den Fingern. Dann brauchen wir weiter eine Kochplatte, einen großen Topf, ein paar Gläser. Die Schokolade wird im Wasserbad erwärmt, so dass sie schmilzt und sich leicht auf die Haut auftragen lässt. Es ist ganz einfach. Diese Sachen nehmen sie natürlich nicht als Handgepäck mit. Es könnte sonst Probleme geben. Aber das kennen Sie ja. Ach so, und wenn Ihnen das alles zu umständlich ist, nehmen Sie einfach Nutella. Da gibt es braunweiße. Damit kann man leichter malen und hat wenigstens zwei Farben. Bunt wäre mir aber lieber. Wenn Sie mich bemalt haben, lecken Sie das nicht nur ab, sondern fotografieren es vorher. Das gibt Superbilder für eine Ausstellung. Sie sind dann der Künstler."

„Sagen Sie mir, dass ich nicht träume!"

„Sie träumen nicht. Sie lassen nur das Ungewöhnliche zu. Und deshalb berühren Sie mich. Ich kann so etwas erkennen."

Als er den Domkeller verließ, hatte er noch immer das Gefühl, sich selber in einem Film zu sehen. Aber alles war real. Sie hatten Telefonnummern getauscht, um sich verabreden zu können. Sie hatte zum Abschied die Arme um seinen Hals geschlungen, ihn flüchtig auf den Mund geküsst. „Ach ja", hatte er noch gefragt, „wie heißt eigentlich dieses wunderbare Parfüm, das Sie haben?"

„La vie est belle", hatte sie geantwortet.

30

„Was ist denn mit Ihnen los?" fragte Hildegard Gabriel, als er gegen Mittag auf dem Venusberg erschien. „Sie sehen aus, wie jemand, der im Lotto gewonnen hat und jetzt verzweifelt nachdenkt, was er mit dem Geld machen soll. Irgendwie sehr verändert. War der Vortrag so schön?"

„Der Vortrag? Ach so. Nein. Kannte ich ja schon alles. Aber, ich kann's Ihnen ja ruhig verraten, ich habe eine umwerfende Frau kennen gelernt. Viel besser als ein Lottogewinn."

„Herr Doktor Mondmann", sagte Frau Gabriel in einem vorwurfsvollen Ton. „Sie doch nicht! Sie wollen mich auf den Arm nehmen. Sie werden sich doch nicht ins Unglück stürzen."

„Ins Unglück? Nein. In die Arme einer schokoladensüßen Kellnerin. Zwar etwas jünger als ich. Aber einfach umwerfend. Ach so, ‚umwerfend' habe ich ja schon gesagt. Schön ist sie wie von einem anderen Planet. Und damit Sie es glauben, buchen Sie bitte für mich und die Dame für den ersten Oktober einen Flug nach Lissabon. Rückflug am siebten Oktober. Ohne Zwischenlandung. Und wenn möglich Business-Class. Es soll ja schön beginnen. Und rufen Sie den Doktor Meier an. Er kann wieder Vertretung machen. Er freut sich. Ach ja, und dann buchen Sie bitte ein Hotel mit Blick auf den Tejo. Das hat sie sich gewünscht. Am besten eine Suite. Mit Bar und vielen Gläsern. Mindestens zehn. Ich schreibe Ihnen den Namen der Dame auf. Wenn Sie noch weitere Daten brauchen, melden Sie sich."

Hildegard Gabriel sah ihn mit offenem Mund an. „Herr Doktor! Wenn ich nicht schon hier wäre, würde ich glauben, in einem Irrenhaus zu sein. Warum zehn Gläser?"

„Zum Malen, Frau Gabriel. Ich werde mich in einer außerordentlichen Kunst üben."

„Wie Sie meinen. Verstehen tu ich das zwar nicht. Aber ich werde alles wunschgemäß buchen. Neben dem Namen brauche ich auch noch das

Geburtsdatum der Dame und die Nummer des Personalausweises."

„Wird sofort gemacht", antwortete Mondmann und ging mit einem tänzelnden Schritt, als habe er gerade einen lustigen Streich gespielt, zu seinem Behandlungsraum. Im Türrahmen drehte er sich noch einmal um. „Ach so, welche Termine habe ich heute?"

„Habe ist gut. Zwei hätten Sie gehabt. Heute Vormittag. Wiesbauer und Helmer. Ich habe sie auf Morgen vertröstet. Um zwei und um drei wie immer Kaplan und Donrath. Dann Pause. Um fünf Meisenheimer."

„Na gut", meinte Mondmann. „Das überstehe ich auch noch bis zum ersten Oktober."

Er drückte die Klinke zu seinem eigenen Raum, schloss die Tür wieder, ließ sich in seinen Schreibtischsessel fallen, sah auf die Uhr. Es war halb zwei. Er hatte also noch etwas Zeit. Er rief Crissy auf ihrem Handy an, um sich für die Buchung des Fluges ihr Geburtsdatum und die Nummer des Personalausweises geben zu lassen. Diese Details hatten sie vergessen. Zum ersten Mal hörte er ihre Stimme am Telefon. Es war eine schöne, angenehme, warme und junge Stimme. Sie lachte. „Ach ja. Kannst du haben. Dann siehst du, dass du dich mit einer Löwin einlässt." Sie war zum ‚Du' übergegangen. Und so antwortete er: „Und du mit einem Wassermann."

„Feuer und Luft", entgegnete sie darauf. „Das gibt hohe Flammen."

„Ich habe schon das Schokoladenset besorgt", verkündete er. „Soll ich üben?"

„Bloß nicht! Bei wem denn?"

„Nur so. Auf Papier."

„Quatsch. Meine Haut soll dich inspirieren."

Es klopfte. „Herein!" rief Mondmann, den Telefonhörer noch am Ohr. „Ach, Frau Gabriel. Was gibt's?"

„Kaplan hat abgesagt. Er hat ein Kennzeichen mit sechs Buchstaben und ohne Ziffern gefunden. Er will der Sache auf den Grund gehen."

„Wahrscheinlich so ein kleines Elektroauto, 25 Kilometer Höchstgeschwindigkeit für Leute mit Handikap. Da darf man seinen eigenen Namen draufschreiben. ‚Albert' oder ‚Hermann'. Quatsch. Hermann hat ja sieben Buchstaben. Jetzt fange ich auch schon an zu zählen. Lassen Sie Kaplan forschen. Ich werde Morgen mit ihm sprechen."

Die Sekretärin drehte sich um, wollte wieder gehen. „Warten Sie!" rief Mondmann ihr zu und schob ihr einen Zettel mit Crissys Daten zu.

„Frau Gabriel?" fragte Crissy durch das Telefon. „Wer ist das denn?"

„Meine Sekretärin."

„Hübsch?"

Mondmann sah auf. Frau Gabriel war noch im Raum. „Ja. Sehr."

„Wie alt?"

„So etwas fragt man nicht."

„Muss ich eifersüchtig sein?"

„Überhaupt nicht. Wir telefonieren später noch einmal. Ich lasse jetzt alles buchen und gebe dir dann die Daten durch. Gleich kommt ein Patient. Das sind weniger erfreuliche Gespräche als mit dir."

„Okay, Seemann", sagte sie. „Dann heb' den Anker, setz' die Segel!"

Frau Gabriel war im Raum stehen geblieben. „Das war die werte Dame?" fragte sie.

„Ja. Das war sie."

„Herr Doktor Mondmann, hören Sie auf den Rat einer erfahrenen Frau. Sie können nicht, nachdem Sie eine Frau ein einziges Mal gesehen haben, mit ihr in Urlaub fliegen. Machen Sie sich nicht unglücklich."

„Sie ist so wunderbar durchgeknallt. Ich muss das erleben."

„Und wer bezahlt das?"

„Wir teilen uns die Kosten. Außerdem, Kellnerin revidiere ich. Sie ist Malerin, Künstlerin. Und vor allem ist sie eine wunderschöne Frau mit einer begabten Seele. Soll ich hier verschimmeln und auf den Tod warten, bloß weil es normal wäre? Mir den Mist anhören von Kaplan und Donrath? Meisenheimer raten, sich schwarz zu färben? Gönnen Sie mir doch mal eine Woche Abwechslung!"

Frau Gabriel tippte sich an die Stirn. „Sie müssen es ja selber wissen. Aber ich sehe Unheil heraufziehen."

Sie zögerte, den Raum zu verlassen.

„Herr Doktor Mondmann, der Termin mit Kaplan fällt ja aus. Ich würde mich gerne mit Ihnen bei einer Tasse Kaffee mal persönlich unterhalten. Über Ihr Frauenbild und wie ich die Sache sehe. Man bekommt hier ja so einiges mit. Ich meine es gut mit Ihnen."

„Gerne", antwortete Mondmann. „Machen Sie zwei Tassen Kaffee, setzen Sie sich zu mir und dann erzählen Sie."

Nach fünf Minuten kam Hildegard Gabriel mit einem Tablett zurück, servierte Mondmann und sich selbst einen Kaffee, hatte sogar eine Schale mit Gebäck mitgebracht.

„Also", begann sie, „Sie leben, solange ich Sie kenne, immer alleine. Das ist nicht gut. Das macht eigenbrötlerisch. Vor allem, wenn man es mit Verrückten zu tun hat."

„Sie leben doch auch alleine", entgegnete Mondmann.

„Ja. Weil man mein Mann vor zehn Jahren gestorben ist."

„Die alte Formel. Mann tot. Frau lebt."

„Sie sind zynisch."

„Warum denn? Was meinen Sie, wie viele lustige Witwen ich kenne?"

„Mag sein. Mein Mann hat sich zu Tode gepafft. Ich habe ihn nicht unter die Erde gebracht. Es war eine glückliche Verbindung. Ich will auch keine andere mehr."

„Ja. Verstehe ich. Aber schade. Sie sind eine Frau, deren Gesellschaft angenehm ist."

„Sie müssen mir nicht schmeicheln."

„Das mache ich auch nicht. Ohne Sie würde der Laden hier nicht laufen. Ihre Arbeit ist excellent. Das geht nur, wenn die Person es ebenso ist."

Mondmann schob sich einen Schokoladenkeks in den Mund. „Aber darüber wollten wir eigentlich nicht reden. Sie sprachen von Unheil."

„Ja. Sie dürfen nicht mit einer Frau, die sie gestern Abend erst kennen gelernt haben, in Urlaub fliegen. Sie machen sich unglücklich."

„Warum das denn? Kann doch auch gut ausgehen."

„Eben nicht. Weil Sie keine Ahnung von Frauen haben."

„So? Wo droht denn die Gefahr?"

„Sie sind ein gutmütiger Mensch. Sie werden ausgenutzt und sind am Ende am Boden zerstört."

Mondmann winkte ab. „Schmarren! Sie kennen die Dame doch gar nicht. Und kommen mir mit dunklen Prophezeiungen."

„Es gibt Prinzipien. Man lernt nicht jemanden gerade kennen und fliegt sofort in den Urlaub."

„Ihre Prinzipien sind von gestern. Wenn ich mich in die Dame verliebt habe und sie sich in mich, warum sollen wir dann nicht zusammen wegfliegen? Weiß ich nach zehn Treffen mehr? Ist der andere nicht immer ein Rätsel, das man nie richtig kennen lernt? Liebe ist ein Abenteuer und kein Versicherungsprogramm."

Hildegard Gabriel seufzte. „Ihnen ist nicht zu helfen. Aber ich wünsche Ihnen, dass es gut ausgeht."

„Wird es. Zu Ihrer Beruhigung: Ich kenne die Frau nicht erst seit gestern. Sie war vor ein paar Wochen schon einmal hier."

„Hier? Wie das denn?"

„Sie ist, sie war die Freundin von Herrn Vogel."

„Der Selbstmörder? Um Gottes Willen! Herr Doktor Mondmann, was tun Sie sich an!"

„Frau Gabriel", erwiderte Mondmann ruhig, „ich bin nicht Herr Vogel, habe auch nicht die Absicht, mich auf die Schienen zu legen. Konrad Vogel hatte von dem Potential dieser Frau nicht die geringste Ahnung. Er ist an seinen eigenen Problemen gescheitert. Wissen Sie, diese Frau ist schwer in Ordnung. Sie ist intelligent, schön, warmherzig, unkonventionell. Wenn so ein blöder Studienrat nicht damit umgehen kann, kann ich doch nichts dafür."

„Ich habe Sie immer bewundert", sagte Hildegard Gabriel traurig. „Für Ihre Abgeklärtheit, Souveranität. Und jetzt so etwas!"

„Buchen Sie Hotel und Flug und bewundern Sie mich für eine schöne Zeit in Lissabon!" entgegnete Mondmann. „Und wenn Sie mich nicht nur bewundern, sondern auch beneiden, suchen Sie sich einen der vielen einsamen Männer und fliegen Sie ebenfalls dahin. Sie sind doch ein paar Jahre jünger als ich. Mit sechzig hört das Leben doch nicht auf. Und wenn Sie mir jetzt noch weiter Lissabon ausreden wollen, verlange ich Honorar für eine therapeutische Sitzung. Mein Gott, Frau Gabriel, wir bleiben doch alle jung. Selbst wenn wir mit hundert schon kurz vor der Kiste stehen. Amüsieren Sie sich, spielen Sie, haben Sie Spaß, lieben Sie!"

„Wie Sie das so sagen können! Sie würden auch eine Höhensonne in der Wüste verkaufen. Hat Ihnen wenigstens mein Gebäck geschmeckt?"

„Die Schokoladenkekse waren vorzüglich. Ein Vorgeschmack auf mein süßes Abenteuer."

Hildegard Gabriel hatte die Augenbrauen hoch gezogen, sah ihn zweifelnd an, als ob er nicht mehr ganz bei Verstand sei.

„Frau Gabriel, im Ernst: Ich habe das Alleinsein durchlitten, manchmal auch genossen. Was soll denn passieren? Darf ich nicht ein bisschen spielen? Und außerdem spiele ich nicht, ich mag sie wirklich. Ich fühle mich lebendig in ihrer Gegenwart. Es geht mir gut. Eine Frau an der Seite zu haben, ist einfach ein schönes Gefühl."

Hildegard Gabriel erhob sich, schob Tassen und den Teller mit einem Rest des Gebäcks auf das Tablett. „Herr Doktor Mondmann, Sie sind unbelehrbar. Die ganze Art, wie Sie das Problem anfassen. Anfassen! Sie fassen es nicht an, Sie leugnen es. Weil es Ihnen nicht in den Kram passt. Sie stricken sich Ihr Vergnügen zurecht."

„Na und?" erwiderte Mondmann. „Machen wir doch alle. Buchen Sie den Flug! Egal, was er kostet. Auch beim Hotel keine Rücksicht. Wie gesagt, eine Suite. Terrasse mit Blick auf den Tejo. Im Oktober ist es in Lissabon noch warm."

31

Das Telefon klingelte. Mondmann hob ab. „Ich habe Sie vermisst", sagte eine sonore Stimme. „Sie waren plötzlich weg."

Er erkannte die Stimme sogleich. Sie hatte einen leichten Dialekt. Aachen oder Eifel. Das wusste er nicht so genau. Es war Max Stern.

„Ich habe mich zum Gegenteil entschlossen", entschuldigte sich Mondmann.

„Gegenteil? Wie darf ich das verstehen?"

„Zum Gegenteil Ihres Titels. ‚Die Flucht vor dem Weib'.

„Aha. Sie haben sich in ein Abenteuer gestürzt?"

„Kann man so sagen", erklärte Mondmann aufgeräumt. „Eine attraktive Künstlerin aus Aachen."

„Und ich dachte schon, Sie seien wegen meines Vortrages gekommen."

„Selbstverständlich. Bin ich ja auch. Aber dann hat mich Ihr Vortrag sehr ermutigt. Junge, das machst du jetzt anders, dachte ich mir. Du fliehst nicht, du gehst hin."

Stern lachte. „Lassen Sie mich raten", sagte er. „Die Dame ist jünger als Sie und Sie kannten sie auch vorher schon, hatten aber nicht den Mut, sich zu offenbaren?"

Mondmann hatte keine Lust auf lange Erklärungen, wollte nicht die ganze Geschichte mit Konrad Vogel erzählen und vor allem auch nicht preisgeben, dass es sich um die Freundin eines Patienten handelte. Stern konnte das missverstehen. Und so antwortete er nur: „Kennen? Eigentlich nur flüchtig. Aber sie hatte mich damals ziemlich beeindruckt. Ein sehr femininer Typ. Attraktiver als Sharon Stone. Ja, jünger ist sie. Mehr als zwanzig Jahre."

„So, so! Zwanzig Jahre jünger und Künstlerin. In welchem Bereich der Kunst eigentlich?"

„Sie ist Malerin."

„Dann kenne ich sie vielleicht. Ich besuche nämlich öfter Kunstausstellungen in Aachen. Darf ich nach dem Namen fragen?"

Mondmann zögerte einen Moment. Was wollte Stern? War er neugierig geworden? Wollte er etwa Crissy selber kennen lernen? Er wich aus. „Sie hat ab und zu nur kleinere, eher private Ausstellungen. Nichts Großes. Ich muss gestehen, ich kenne bisher auch nur ihren Vornamen. Maya heißt sie."

„Maya? Interessant, bedeutungsvoll. Sie kennen die indische Philosophie? Die Advaita-Philosophie. Es ist eine der sechs großen philosophischen Schulen Indiens."

„Keine Ahnung", antwortete Mondmann. „Mit der indischen Philosophie habe ich mich bisher nicht beschäftigt. Was bedeutet ‚Maya' denn?"

„Nun ja. Nach der Hinduphilosophie existieren die Dinge in Zeit und Raum, so wie wir sie wahrnehmen, nicht wirklich. Es sind Illusionen, Trugbilder. Man spricht auch vom Schleier der Maya. Aber hinter diesem Schleier liegt der Urgrund allen Seins, von dem auch wir einen Funken in uns tragen. Der Inder nennt diesen Funken Atman oder auch Selbst. So können, könnten wir eine Ahnung von der Einheit allen Seins haben. Diese Ahnung haben wir aber leider und in der Regel dem Ego und dem Rationalismus geopfert."

„Hmm. Ich müsste also hinter den Schleier der Maya sehen?"

„Ja. Ihre Abenteuerlust in Ehren. Sie kennen Schillers Ballade ‚Das verschleierte Bild zu Sais'?"

„Ich erinnere mich nicht mehr genau."

„'Kein Sterblicher, sprach des Orakels Mund, rückt diesen Schleier, bis ich selbst ihn hebe.' So jedenfalls unser guter Schiller. Man könnte es auch anders sagen: Wenn Sirenen singen, sollte man sich die Ohren verstopfen."

„Ja, ja", antwortete Mondmann. „Kenn ich. Homer. Die Geschichte des Odysseus."

„Richtig. Wenn Sie zwanzig wären, würde ich sagen: Nur zu! Stürzen Sie sich hinein! Aber in unserem Alter verkraften wir nicht mehr, wenn es schiefgeht. Also passen Sie auf! Es ist nicht ungefährlich."

„Machen Sie jetzt auf Vernunft?" knurrte Mondmann.

„Nein, auf Erfahrung," entgegnete Stern ruhig.

32

Eine Woche Schokolade! Eine ganze Woche lang. Mondmann saß am Abend auf der Terrasse seines Hauses, sah ins Bergische. Auf das Dörflein, die Kirche, auf die Kühe, die fernab auf einer Weide lagen.

Der Flug war gebucht, mit Germanwings. Und auch die Suite mit Zugang zu einer Terrasse und, wie Crissy es gewünscht hatte, mit Blick auf den Tejo. Er würde ja nicht die ganzen Tage und Nächte im Bett liegen müssen, malen und lecken. Die wilden Zeiten waren vorbei und sich mit Viagra zu ruinieren, dazu hatte er auch keine Lust. Der Sex war gar nicht so wesentlich. Viel mehr freute er sich darauf, sie berühren, bewundern zu dürfen, sie zu küssen, ihre Formen zu ertasten, mit ihr Hand in Hand Lissabon zu erkunden, abends bei einem Wein auf der Terrasse zu sitzen, einen Joint zu rauchen und auf den Tejo zu blicken, der hier wie ein breiter Meeresarm dem Atlantik zuströmte. Er freute sich auf ihre Begleitung, auf ihre Nähe, die ihm ein warmes, intensives Gefühl vermittelte. Schmetterlinge und Blumen auf ihre Haut zu zaubern, das würde er auch noch hinkriegen. Und was dann nach dieser Woche sein würde, das würde sich ergeben. Aachen war nicht weit. Vielleicht zog sie ja zu ihm, und er könnte es noch einmal wagen, mit einer Frau zusammen zu leben. Aber so weit wollte er jetzt nicht in die Zukunft blicken. Die würde sich in Lissabon von alleine ergeben.

Irgendwann ging er in die Küche, öffnete einen Schrank, kramte zwischen den Töpfen, zog einen besonders großen hervor, der für Spaghetti gedacht war, stellte ihn auf den Tisch. Dann öffnete er eine Vitrine, holte Trinkgläser, stellte sie in den Topf, um herauszufinden, wie viele in das Wasserbad passten. Zehn brauchte er ja gar nicht, fiel ihm ein. Das Schokoladenset, von dem er gleich drei gekauft hatte, bestand nur aus sieben Farben. Die des Regenbogens waren dabei. Violett, Blau, Grün, Gelb, Rot. Dann gab es noch Braun und Weiß. Zwischentöne würde er mischen können. Direkt auf ihrer Haut. Ihre schönste Stelle… ach ja, was war das? Ihre schönste Stelle würde er mit Nougat plus Chili bestreichen. Diese umschattete Partie um die Augen, die er so sehr liebte. Sieben Gläser passten bequem in den Topf. Ach ja, die Kochplatte, die hatte er vergessen. Die musste ja auch mit dabei sein. Sonst konnte man kein Wasserbad anrichten. Er ging in den Keller. Er warf nichts weg. Aus früheren Tagen musste in einem Regal noch solch eine Platte stehen, mit nur einem

Kochfeld. Die hatte er sich für eine Übergangszeit zugelegt, als er sich in dem Haus einrichtete und noch keine Einbauküche besaß.

Mit der Kochplatte kehrte er in die Küche zurück, stellte sie auf den Tisch, den Topf darauf mit den Gläsern, legte die Schokoladensets daneben. Er würde einen großen Koffer nehmen müssen. Vor allem wegen des Topfes und der Platte. Die Gläser mussten in Zeitungspapier oder Servietten eingewickelt werden, damit sie während des Fluges nicht zerbrachen. Ein paar Bedenken hatte er wegen der Kochplatte. Hoffentlich hielt man sie bei der Durchleuchtung des Koffers nicht für eine Bombe. Am liebsten hätte er alles schon gepackt. Aber bis zum ersten Oktober war noch Zeit genug, und er zügelte seine Ungeduld. Immer noch war er nicht sicher, ob er nicht plötzlich eine SMS erhalten würde oder einen Anruf: „Tut mir leid. Ich möchte doch nicht fliegen." Vogels Erzählungen waren noch zu präsent. Fünfmal hatte sie in einem Jahr mit ihm Schluss gemacht.

Den Abend, bis Müdigkeit ihn überkam, beschloss er auf der Terrasse, dachte nach. ‚Asturischer König' hatte sie gesagt. Vor achthundert Jahren. Was sollte er von solchen Hirngespinsten halten? Er jedenfalls erinnerte sich nicht daran. Es entzog sich des Beweises wie auch der Widerlegung. Andererseits gab es viele seltsame Phänomene auf der Welt. Warum auch nicht das? Was Wiedergeburt anging, verunsicherte ihn allenfalls die Geschichte des Dalai Lama. Der war klug, weise, glaubhaft. Als kleiner Junge hatte er genau die Gegenstände aussortiert, die ihm im vorigen Leben gehört hatten. Eine Abordnung von Mönchen war durch Tibet gezogen, um diese Wiedergeburt zu finden. Auf einem Tisch hatte man zahlreiche Gegenstände ausgebreitet, darunter auch genau die Dinge, die dem vorigen Dalai Lama gehört hatten. Der kleine Junge hatte das nicht wissen können. Aber zielsicher und mit Bestimmtheit griff er sich sein Eigentum heraus. Das war schon merkwürdig. Es mochte tatsächlich eine andere Welt geben, die man nicht erklären konnte.

Ein Ereignis aus seiner Kindheit fiel Mondmann ein. Da war er gerade acht gewesen, konnte schon schnell und flüssig lesen. Das erste Buch, das er las, hieß ‚Die schönsten Sagen des Mittelalters'. Er hatte es an einem Tag verschlungen. Und besonders die Geschichte von Tristan und Isolde mehrfach gelesen. Diese Geschichte hatte ihn in eine tiefe Melancholie gestürzt. Er war tagelang verstört, hatte von der Mutter Leseverbot bekommen. Die Bilder vom Meer, dem Schiff und vom Segel, unter dem die beiden schicksalhaft standen, gingen ihm lange Zeit nicht mehr aus dem Kopf.

Auf einmal erinnerte Mondmann sich an jenes Leseabenteuer. Es lag fast sechzig Jahre zurück, war aber so präsent, als sei es erst gestern passiert. Merkwürdig war schon, dass ihn diese Geschichte so berührt und verstört hatte. Merkwürdig war auch, wie er in späteren Jahren dem Klang der keltischen Harfe verfallen war. Tage- und nächtelang konnte er diese Musik hören und wie in Trance in die Melancholie des ‚Paradise Lost' fallen.

Das war jetzt Jahrzehnte her, aber plötzlich wieder gegenwärtig.

Nun ja, sagte er sich. Wie dem auch sei. Das Gefühl verliebt zu sein befreite ihn jetzt von der bedrückenden Rätselhaftigkeit der Welt. In diesem Zustand war alles leicht und selbstverständlich. Dann war das Sein beschwingt, fröhlich, warm. Die Monotonie, die Langeweile, unter der er oft litt, verflog. Es würde wohl stimmen. Nicht das ‚Ich‘, sondern das ‚Du‘ war der Schlüssel zur Welt.

33

Die Tage gingen rasch dahin. Mondmann hörte gleichmütig und freundlich den Geschichten seiner Gäste zu, hielt einmal auch noch einen Vortrag über ‚Das Bauchgefühl als Instanz der Wahrheit‘, spielte hin und wieder Snooker mit einem seiner Klienten, erhöhte den Etat des Senegalesen, der wegen großer Nachfrage zehn neue Trommeln brauchte. Dann war der erste Oktober da, ein freundlicher, sonniger Herbsttag mit Temperaturen von über zwanzig Grad. Er hatte am Abend noch mit Crissy telefoniert. Sie hatte nicht abgesagt, ihm zugesichert, pünktlich am Flughafen zu sein. Trotzdem erschien er schon eine ganze Stunde, bevor die Schalter geöffnet wurden, wanderte draußen an der Reihe der Taxis rauchend hin und her, war nervös. Kam sie oder kam sie doch nicht?

Aber dann rauschte sie in ihrem roten Mini-Cooper auf ihn zu, hatte das Verdeck geöffnet, winkte, stoppte kurz, rief: „Ich stelle den Wagen ins Parkhaus. In zehn Minuten bin ich da." Zuerst hatte er die Idee mitzufahren, aber er konnte sein Gepäck nicht alleine lassen, den großen schwarzen Rollkoffer mit den Mal-Utensilien. Außerdem hatte er noch einen kleineren als Handgepäck dabei.

Nach einer Viertelstunde, die ihm endlos lang schien, kam sie, winkte von Weitem schon, lachte, hatte einen weißen Lederrucksack über die Schulter geworfen. Mehr Gepäck hatte sie nicht. Mondmann fand sie hinreißend. Sie trug wieder das rote Kleid mit den weißen Punkten. Die Haare waren noch zerzaust von der Fahrt mit dem Cabrio. Unter dem Saum des Kleides sah er die türkisfarbenen Basketballschuhe, die sie auch am ersten Abend getragen hatte. Sie umarmte ihn, küsste ihn auf den Mund, belächelte den riesigen Koffer. „Bin ich zu spät?" fragte sie. „Nein", antwortete Mondmann. „Die Schalter haben gerade erst geöffnet. Wir haben noch viel Zeit."

„Warum lächelst du so?" fragte sie.

„Weil unser Abenteuer wirklich stattfindet. Ich hatte schon geglaubt, alles nur zu träumen."

Sie gingen zum Schalter. Mondmann zeigte die Buchungsbestätigung, die ihm Frau Gabriel ausgedruckt hatte. Sie legten den Personalausweis dazu, erhielten die Bordkarten. Der Koffer, dem die Durchleuchtung noch bevorstand, bekam eine Banderole, wurde auf einem Fließband davongetragen, von einer Luke wie von einem Haifischmaul verschluckt.

Sie tranken an einer der Bars noch ein Glas Sekt, stießen an, sahen sich lächelnd in die Augen. Mondmann wartete auf eine Durchsage wegen des Koffers. Aber sie kam nicht. Alles war in Ordnung. Kochplatten waren wohl häufiger beim Gepäck zu finden, als er gedacht hatte.

Pünktlich um fünfzehn Uhr rollte die Boing der Germanwings zur Startbahn. Die Turbinen heulten auf, der Schub kam, die Geschwindigkeit nahm rasant zu, und dann hob die Maschine ab. Die Landschaft unter ihnen wurde kleiner, ein paar weiße Wolkenfetzen segelten vorbei, der Rhein tauchte auf wie ein silbernes Band. Dann legte sich die Maschine in eine südliche Kurve.

Mondmann flog nicht gerne. Er hasste dieses Ausgeliefertsein. Er fühlte sich nur sicher, wenn er selber ein Pedal bedienen und steuern konnte. Dieses Mal aber mit Crissy neben sich genoss er den Flug und hatte sogar den merkwürdigen Gedanken: Wenn wir abstürzen, dann ist sie für immer bei mir.

Aber es wurde ein ruhiger Flug ohne Turbulenzen. Die Turbinen schnurrten gleichmäßig. Sie saßen vorne in der ersten Reihe, Crissy am Fenster, er auf dem mittleren Sitz. Sie ließen sich mit einem Bordmenü und einem Prosecco verwöhnen. Manchmal fanden sich ihre Hände und sie lächelten. Zugleich schien Mondmann auch eine leichte Beklemmung bei ihr zu spüren, weil sie noch nicht miteinander vertraut waren, aber das intime Unternehmen des Bodypaintings schon verabredet hatten.

„Wir werden uns Zeit lassen", sagte er deshalb. „Ich muss ja nicht direkt mit dem Malkurs beginnen. Oder?"

„Nein", antwortete sie. „Musst du natürlich nicht. Vielleicht war das ja auch eine Schnapsidee von mir. Andererseits" – sie lächelte schelmisch – „kann es sehr schön sein. Du hast das noch nie gemacht?"

„Nein. Auf die Idee bin ich noch nicht gekommen. Schokolade habe ich nur auf die übliche Weise gegessen."

„Ach so. Essen. Bist du schon mal in Portugal gewesen?"

„Noch nie. Warum?"

„Da gibt es die besten Venusmuscheln. Amêijoas nennen wir sie. Du magst so etwas?"

„Ja. Gerne."

„Dann gehen wir heute Abend in ein Lokal, das ich kenne. Das musst du einmal probiert haben. Wir nehmen uns am Flughafen einen Leihwagen, fahren zuerst zum Hotel und dann ein paar Kilometer aus Lissabon raus." Als sie ‚ein paar Kilometer' sagte, lächelte sie wieder schelmisch.

„Du kennst dich gut aus in Lissabon?" fragte er.

„Ja, ich habe dort sogar die ersten zwei Jahre meines Lebens verbracht. Mein Vater ist Portugiese, meine Mutter aus Deutschland."

„Und jetzt leben deine Eltern in Aachen?"

Sie schüttelte den Kopf, wirkte für einen Moment etwas traurig. Das Lächeln war verschwunden. „Nein", sagte sie. „Sie haben sich nach zwei Jahren getrennt. Mein Vater ist nach Angola, um dort zu arbeiten. Meine Mutter ist mit mir nach Aachen zurückgekehrt. Sie wollte nicht nach Angola."

„Du hast deinen Vater dort besucht?"

„Nein. Wir haben nichts mehr von ihm gehört. Niemand weiß, wo er ist. Als ich achtzehn war, war ich das erste Mal wieder in Lissabon, um ihn zu suchen. Aber auch von seiner Familie, er hat noch einen Bruder und eine Schwester, konnte mir niemand sagen, wo er ist und ob er überhaupt noch lebt. Ich habe übrigens auch immer mit dem Gedanken gespielt, nach Angola zu gehen. Weißt du, früher war es unsere Kolonie. Jetzt ist es umgekehrt. Reiche Angolaner kaufen bei uns alles auf. Banken, Firmen, Hotels, Restaurants. Angola ist reich, hat viele Bodenschätze. Man kann dort gut verdienen."

„Dein Vater fehlt dir?" wollte Mondmann fragen, aber dann kam ihm das albern vor und er unterließ es. Statt dessen ging ihm ein anderer Gedanke durch den Kopf. Sie war 42, er 65. Was sah sie in ihm? Den Vater oder den Liebhaber? Oder beides? Aber eigentlich war das egal. Er wollte jetzt nicht den Psychiater herauskehren und darüber dozieren. Dazu war sie zu schön und reizvoll, um sie mit Theorien zu belästigen.

Sie schwieg. Er spürte, dass ihr noch etwas auf der Seele lag. Irgend etwas anderes, das sie ihm verheimlichte. Das kannte er von vielen seiner Patienten. Er ließ sie dann gewähren, wartete ab, bis ein Verhältnis des Vertrauens hergestellt war. Dann begannen sie von alleine und er erfuhr die Wahrheit. So würde er auch hier verfahren. Abwarten. Aber dazu kam es nicht. „Ich muss dir etwas gestehen", sagte sie. „Was ich dir von der Akasha-Chronik erzählt habe, stimmt so nicht."

„Ich war also kein asturischer König", bemerkte er lächelnd. „Nicht schlimm. Dann bin ich es eben jetzt."

„Doch. Das warst du", antwortete sie. „Aber ich war die portugiesische Königstochter. Du hast dir achthundert Jahre Zeit gelassen. Ich mir weniger. Ich habe viele Leben und viele Tode hinter mir, um dich zu finden."

Mondmann strich sich mit der Hand über das Kinn. Schwieg. Was redete sie da für einen Stuss! Er schwieg weiter, um eine Antwort verlegen. Zwei Gedanken kreuzten sich. Eine nützliche Legende! Wenn sie das glaubt, hast du den Vorteil der Anhänglichkeit. Stimmt es aber, dann erlebst du den Supergau.

„Glaubst du mir das?" fragte sie.

„Ich weiß es nicht", antwortete er. „Ich will es aber herausfinden."

Sie beugte sich nach vorne, hob den Rucksack, der zu ihren Füßen lag, auf ihren Schoß, öffnete den Reißverschluss zu einem Seitenfach. „Hier", sagte sie. „Nimm das! Es gehört jetzt dir, und es wird dir helfen, dich zu erinnern." Sie reichte ihm das Amulett mit dem Sanskrit-Zeichen. Eine Weile hielt er es in der Hand, betrachtete die ineinander verschlungenen Linien. Dann streifte er sich das Lederband über den Kopf.

34

Die Suite im Bairro Alto hatte ihn ein kleines Vermögen gekostet. „Du bist verrückt", hatte sie beim Betreten gesagt. „Das kann ich nicht bezahlen. Das sind doch mindestens 500 Euro pro Nacht."

„Lass das meine Sorge sein", winkte er ab. „Fühle dich zu nichts verpflichtet, sei bitte nicht dankbar."

Von der Terrasse aus blickte man über den breiten Arm des Tejo, der in der Sonne des späten Nachmittags silbern glänzte. Fähren kreuzten zum gegenüber liegenden Stadtteil Almada. Das Licht war stark und klar, von einer gleißenden, überwältigenden Transparenz.

Sie hatte den Kopf an seine Schulter gelehnt und zeigte über die Häuser der Weißen Stadt hinweg zu einem wuchtigen, quaderförmigen Turm in der Ferne. „Das ist der Torre de Belém, mit den Haubenkuppeln dort an der Hafeneinfahrt. Als du kamst, gab es ihn noch nicht. Damals war es ein anderer Turm. Erinnerst du dich?"

Er schüttelte den Kopf. „Nein. Obwohl… Irgendwie kommt mir alles bekannt vor. Aber das liegt daran, weil es hier einfach schön ist. Und schön ist es eben mit dir. Ja, doch. Das Licht kommt mir bekannt vor. Es ist das Licht."

Über die Rua Augusta gingen sie zur Promenade am Tejo. Unter dem Bogen der Seefahrer hatte er das Gefühl, nicht zu gehen, sondern zu schreiten. Crissy war neben ihm und er fühlte eine bis dahin nie gekannte Verbundenheit. Eine Stärke, so als sei er endlich vollständig und einheitlich. Dieses Gefühl war schön, verwirrte ihn aber auch. Es ging in eine seltsame, unauslotbare Tiefe. Es war einfach und selbstverständlich da, ohne einer Erklärung zu bedürfen.

Eine ganze Stunde verbrachten sie draußen vor einem Bistro am Ufer des Tejo. Er hatte, als sie sich an einen der Tische setzten, für einen Moment die Augen geschlossen, spürte die wärmenden Strahlen der Sonne auf seinem Gesicht, glaubte in einem Raum zu sein zwischen Vergangenheit und Gegenwart und bemerkte, wie sich dieser Raum zur Zeitlosigkeit wandelte. Sie sprachen nur wenig, genossen das Licht, die Wärme, blickten zum Wasser und zu den Fähren, die langsam zwischen den Stadtteilen kreuzten. Manchmal schob sie ihre Sonnenbrille auf die Nase, lächelte ihn an, schien zu fragen, ob er endlich verstehe.

Als sich die Sonne rascher senkte und bald am Horizont versinken würde, sagte sie: „Wenn wir noch Amêijoas wollen, sollten wir jetzt fahren."

Am Flughafen hatten sie ein kleines Cabrio gemietet. Zuerst hatte er abgewunken, hatte eigentlich einen größeren Wagen mieten wollen. Aber dieser gefiel ihr und sie ließ nicht davon ab. „Eine Knutschkugel", hatte sie zu dem roten Fiat 500 bemerkt. „Süß!"

Sie fuhr. Das Verdeck war geöffnet. Ein warmer Abendwind strömte herein, wirbelte, sobald sie die Geschwindigkeit erhöhte, um ihre Köpfe. Auf der Avenida Brasilia ging es das breite Ufer des Tejo entlang. Zwei- und Dreimaster segelten Richtung Hafen, kamen zurück von ihrem Ausflug auf den Atlantik. Er las die Namen der Orte. Carcavelos, Parede, Estoril, Cascais. Dann erreichten sie eine Landzunge, dicht an der Küste. Von hier sah man auf eine weite, sandige Bucht und an ihrem nördlichen Rand Felsen, gegen die sich schäumend die Brandung des Atlantik warf. Auf einem Plateau oberhalb der Klippen stand ein Leuchtturm mit rotem Kuppeldach. Die Unendlichkeit des Meeres und des Himmels erschreckte ihn.

„Das ist das Cabo da Roca", sagte sie. „Wir haben einen portugiesischen Dichter. Camoes. Er hat darüber geschrieben: ‚Hier, wo die Erde endet und das Meer beginnt.' Es ist übrigens der äußerste Punkt Südwesteuropas."

Sie stellte den Wagen oben am südlichen Rand der Bucht ab. Auf einer Holztreppe gelangten sie nach unten zum Sandstrand und einem ganz aus Holz gebauten Restaurant. „Hier ist es", sagte sie. Hier gibt es die besten Amêijoas. Und einen wunderbaren Landwein, einen weißen, trockenen, Terras d'el Rei", ergänzte sie. „Ich lade dich ein. Lass mich wenigstens ein bisschen die sündhaft teure Suite gutmachen."

Die mit Chili, Knoblauch und Koriander gewürzten Muscheln schmeckten Mondmann vorzüglich. Er presste den Saft einer Zitrone darüber und genoss den von Crissy empfohlenen Landwein.

187

Sie saßen draußen vor dem Restaurant. Es war ein warmer Abend. Die Sonne war bereits untergegangen. Der Himmel hatte sich nach Gold und Orange verfärbt. Mondmann sah in die Brandung, die sich mit sprühender Gischt auf dem Sand der Bucht überschlug und weiter nordwärts wütend gegen die Klippen schäumte. Der Leuchtturm sandte jetzt die ersten Lichtsignale aus. Im Takt von einigen Sekunden blinkten sie auf. Er sah auf den wuchtigen Felsen des Cabo da Roca und dann wieder in die Unendlichkeit des Atlantik und des Himmels, der dunkler wurde, in ein samtenes Blauviolett überging, das leuchtete, als sei es von einer rückwärtigen Bühne illuminiert. In diesem sich abdunkelnden Licht zog über dem Meer die Sichel des Mondes herauf. Und bald folgte ihr als erster Stern die Venus. Er hielt nichts mehr für unmöglich.

In der beginnenden Dunkelheit gingen sie den Strand entlang, hielten sich an der Hand, erreichten den nördlichen Rand der Bucht. „Die Flut beginnt erst in einer Stunde", sagte Crissy. „Das Wasser zieht sich jetzt noch zurück." Sie umgingen, ohne die Schuhe auszuziehen, eine kleine Klippe und landeten in einer schmalen sandigen Nische der Bucht. Hier umarmte sie ihn, zog ihn in den Sand. „Wenn wir uns lieben", sagte sie, „musst du mir in die Augen sehen. Dann wirst du dich erinnern. Das Signalfeuer brannte damals weiter landeinwärts, so dass wir an den Klippen des Cabo da Roca zerschellt sind."

Er vernahm das Rauschen des Atlantik, sah wie Mond und Venus höher gezogen waren. Er spürte den Wind einer warmen Nacht auf seiner Haut. Er streichelte ihr Haar, küsste sie, ohne abzulassen, sah in ihre Augen, von denen er wusste, dass sie die Farbe des Meeres hatten. Jetzt waren sie dunkel und geheimnisvoll, schienen in ihm zu ruhen. Er erinnerte sich an nichts. Jedenfalls nicht daran. An nichts, was in der Akasha-Chronik verzeichnet sein sollte. Aber er wusste, dass es noch nie so schön gewesen war, mit einer Frau zu schlafen. Es hatte eine Innigkeit, die er noch nicht gekannt hatte. Wie ein sanft gleitender Flug in eine andere, bezaubernde Welt. Und die war weiblich. Er spürte die Erlösung von einem Leben in abgeklärter Distanz. Die Elemente umschmeichelten ihn, nahmen ihn auf. Er gehörte dazu, war in ihnen. Er war Teil des Himmels, des Meeres, des Mondes und der Sterne. Er würde Crissy immer lieben.

35

Helles Licht fiel in die Suite. Mondmann öffnete die Augen, erblickte über sich die mit Mahagoni getäfelte Decke des Raumes. Er schob den Arm vor die Augen und sah, wie er es beim Aufwachen immer tat, auf seine Uhr, die er selten ablegte. Es war zehn. Die Terrassentür war offen, die Vorhänge zurückgezogen. Ein wenig brummte ihm der Kopf. Sie waren erst gegen Mitternacht von ihrem Ausflug zurück gekommen, hatten zusammen in der Bar des Hotels noch eine Flasche Wein getrunken. Crissy hatte ihm die Geschichte vom Cabo da Roca und der Entführung erzählt. Als Kaufmann verkleidet sei er in den Hafen von

Lissabon eingefahren und habe Kostbarkeiten aus dem Orient angeboten. Seidentücher, Gewürze, Edelsteine. So sei es ein Jahr vorher durch einen Boten verabredet gewesen. Und als sie dann abends heimlich auf das Schiff gekommen war, habe er die Anker lichten lassen. Er hatte sich das staunend angehört wie ein Kind, dem man ein Märchen vorliest.

Mit der Hand tastete er nach dem Platz neben sich, fühlte aber nur eine flach gezogene Decke, drehte den Kopf. Er war alleine. Sie würde auf der Terrasse sitzen, hatte sich gewiss schon einen Kaffee bestellt, ließ sich die Morgensonne ins Gesicht scheinen. Er stand auf, ging zur Terrasse. Crissy war nicht da. Er fand sie auch nicht im Bad, auch nicht im Nebenraum der Suite. Wahrscheinlich saß sie unten im Restaurant beim Frühstück. Da bemerkte er, dass der Rucksack, den sie auf einem Sessel abgestellt hatte, fehlte. Und jetzt erst sah er auf dem Couchtisch den Zettel liegen. Mit einem mulmigen Gefühl, das eher einer angstvollen Ahnung glich, nahm er ihn und las.

„Wir haben nachgeholt, was damals, als das Schiff an den Klippen zerschellte, nicht möglich war. Wir sind zu einer Einheit verschmolzen. Jetzt käme nur noch der öde Alltag, die Gewohnheit, die ich nicht ertrage und die uns töten würde. Deshalb muss ich gehen. Ich werde dich immer lieben."

„Sie ist verrückt", murmelte er. „Sie ist verrückt!" Er ging hinaus auf die Terrasse, sah über die roten Dächer der Häuser. Das Weiß der Fassaden blendete. Er sah die Fähren den Tejo kreuzen, betrachtete den Torre de Belém, die lang gezogene Brücke, die sich in der Ferne über den Meeresarm spannte und deren Lichterketten sie in der Nacht noch bewundert hatten. Verstört ging er ans Geländer, beugte sich darüber, spähte in die Straßenschluchten, dann wanderte sein Blick wieder über die Häuser Lissabons. Irgendwo da unten war sie. Irgendwo in diesem riesigen Lissabon.

Er nahm nicht den Fahrstuhl, ging die Treppe hinunter in die Bar, bestellte sich einen Kaffee, trank ihn nur halb, begab sich zur Rezeption, fragte die Dame dort auf Englisch, ob eine Nachricht für ihn abgegeben worden sei. „No, I'm sorry mister." Ob sie denn eine Frau gesehen habe, mit einem Rucksack, mit türkisfarbenen Schuhen und einem roten Kleid mit weißen Punkten? "No, I'm sorry mister."

Da ging er nach draußen vor das Hotel, stand eine Weile da, zündete sich eine Zigarette an, rauchte, versuchte zu überlegen, war aber zu keinen zusammenhängenden Gedanken fähig. Einen Steinwurf weit erblickte er ein Denkmal mit einer bronzenen Statue. Langsam bewegte er sich darauf zu, las auf einer Tafel ‚Luís de Camoes' und erinnerte sich, was ihm Crissy über den äußersten Punkt Südwesteuropas gesagt hatte. „Hier, wo die Erde endet und das Meer beginnt."

Den ganzen Tag lief er durch Lissabon, sah in Cafés und Restaurants, ob sie nicht an einem der Tische säße. Gegen Abend, kurz vor der Dämmerung, begab er sich zur Promenade am

Tejo, durchlief zuvor auf der Rua Augusta den Bogen der Seefahrer. Aber dieses Mal war es kein Schreiten, sondern ein hastiges Gehen mit einer seltsamen Leere und Angst tief in ihm drin. Er setzte sich am Tejo vor das Bistro, wo er gestern noch mit Crissy gewesen war, trank ein paar Gläser Rotwein, sah hinüber nach Almada, betrachtete die glänzende, spiegelnde Bahn, die eine untergehende Sonne auf das Wasser warf, überlegte, eine der Fähren zu besteigen, nach Almada zu fahren und sie dort weiter zu suchen. Aber er hatte keine Kraft und keinen Mut mehr dazu. Einmal blieb ein streunender Hund an seinem Tisch stehen, sah ihn mit großen Augen an. Mondmann streichelte ihn, ging ins Bistro, kam mit einem Hamburger zurück, gab ihn dem Hund, der das Fleisch und auch das Brötchen gierig verschlang.

Danach ging er langsam ins Bairro Alto zurück, begab sich in die Suite, die ihm wie ein totes, verlassenes Gehäuse erschien. Er öffnete den Koffer, nahm die Kochplatte und den Topf heraus, wickelte die mitgebrachten Gläser aus dem Papier, befreite die bunten Schokoladenriegel aus der Verpackung. Er betrachtete sinnend die Gläser, schüttelte nach einer Weile den Kopf, wickelte sie wieder ein, legte sie in den Koffer zurück. Dann entfernte er die Lampe auf der Kommode neben dem Doppelbett, schob die Kochplatte auf die frei gewordene Fläche, drückte den Stecker in die Dose, warf die Schokoladenriegel alle zusammen in den Topf, stellte ihn auf die Kochplatte, schaltete sie auf niedriger Stufe ein. Er beugte sich über den Topf, sah, wie die Riegel ihre Form verloren und die

Farben ineinander liefen. Dann zog er sich langsam aus.

36

Das ‚Konsortium der Freunde Mondmanns', wie sie sich nannten, war ein illustrer Kreis. ‚Konsortium' war übertrieben, denn es zählten nur drei Personen dazu. Sie kannten sich schon seit fast fünfzig Jahren, waren mit Mondmann auf dem Gymnasium in einer Klasse gewesen, hatten zusammen Abitur gemacht, sich auch zu Studienzeiten nicht aus den Augen verloren. Hauptsponsoren für den Aufbau der Klinik waren ein Banker und ein Möhrenbaron. Der wurde so genannt, weil er auf die clevere Idee gekommen war, am gesamten Niederrhein Felder zu pachten, Möhren anzupflanzen, diese billig zu ernten, in Fabriken konservieren und in Dosen stecken zu lassen. Die Dosen mit den Möhren wurden an Supermarktketten in ganz Deutschland verkauft. Da er an jeder Möhre einen halben Cent verdiente, war er im Laufe der Jahre zu einem Vermögen gekommen. Die Felder pachtete er immer nur für ein Jahr. Denn im zweiten gab der Boden nicht mehr so viel her und die Möhren wurden unansehnlicher.

Der Dritte im Bunde war zwar weniger finanzstark, dafür aber prominent. Er hatte die Kirchenlaufbahn eingeschlagen und es im Vatikan zum Kardinal geschafft. Sie nannten ihn respektvoll Monsignore, und Monsignore kam auch einmal im

Jahr, wenn es eine Zusammenkunft des Konsortiums gab, aus Rom angereist. Die Versammlung fand stets in der Villa des Bankers in Bad Godesberg statt. Es war eine herrschaftliche Villa mit einem großen Park und weitläufigen Zimmerfluchten, die unmittelbar am Rhein lag. Hier trafen sich die Freunde, überprüften die Bilanz der Klinik, verteilten den Gewinn, bevor sie zum geselligen Teil des Abends übergingen. Mondmann selbst war auch eingeladen und stolz darauf, für sein Haus eine ansehnliche Bilanz vorweisen zu können.

Es war Ende Oktober, als der Banker eine außerordentliche Versammlung einberief. Er war der Geschäftsführer der Klinik, kümmerte sich um deren Belange und nahm auch Mondmann gegenüber eine gewisse Verantwortung wahr.

Als erster traf an jenem Abend der Möhrenbaron ein. Er schüttelte den Kopf, als er den Anlass der Versammlung erfuhr. „Kann doch nicht wahr sein!" meinte er. „Und jetzt?"

„Wir müssen abwarten, bis Monsignore kommt und dann abstimmen, so wie wir es immer getan haben", antwortete der Banker. „Verloren ist noch nichts."

Als letzter traf Monsignore ein, entschuldigte sich mit einem verspäteten Flug, blickte erstaunt die beiden Freunde an und fragte: „Wo ist denn unser Mondmännchen?"

„Ja", sagte der Banker, „genau um ihn geht es. Wir müssen beraten und abstimmen, was wir tun.

Da ihr euch weniger um die Klinik kümmert, habe ich zunächst auf eigene Verantwortung gehandelt."

„Heiliger Franziskus!" rief der Monsignore. „Was ist denn passiert?" Er sah den Möhrenbaron fragend an. Der aber zeigte auf den Banker und sagte: „Lass es dir lieber von ihm erzählen. Er weiß mehr. Er hat es ja auch als erster erfahren."

„Langsam, langsam!" bedeutete der. „Wir trinken erst einmal einen Whisky. Einen schottischen Glenlivet, 400 Euro die Flasche. Er wird euch schmecken. Dann erzähle ich. Die genauen Hintergründe liegen allerdings im Verborgenen."

Aus einer Vitrine holte er eine Mahagonibox hervor, stellte sie mitten auf den Tisch. „Hier ist das Schätzchen", sagte er. „1959 destilliert, 2009 abgefüllt. So, jetzt noch die Gläser. Setzt euch!"

Er ging wieder zu der Vitrine, kam mit drei Gläsern zurück, öffnete die Mahagonibox, dann die Flasche, füllte die Gläser zu etwa einem Drittel, nahm sein eigenes Glas, schwenkte, schnupperte, sagte „Himmlisch! Möge uns die Klinik erhalten bleiben!"

„Spann mich nicht auf die Folter!" knurrte der Monsignore. „Was ist denn los?"

„Also", begann der Banker. „Unser Freund ist nach Portugal geflogen, nach Lissabon. Und zwar, wie seine Sekretärin sagt, mit einer durchgeknallten Kellnerin aus Aachen. In Lissabon hat er eine Suite gemietet. Haltet euch fest, für 520 Euro die Nacht. Er hat's ja. So weit, so gut. Dann aber muss irgend etwas passiert sein. Jedenfalls hat unser Mondmännchen sich am zweiten Abend in der Suite ausgezogen, seinen ganzen Körper mit bunter

Schokolade beschmiert und ist dann wie ein Indianer auf dem Kriegspfad nackt durch das Hotel getanzt und hat immer geschrien ‚Crazy, Crazy‘ oder so ähnlich. Die Portugiesen haben das nicht so genau verstanden. Die Polizei ist gekommen, hat ihn abgeführt, in eine Lissaboner Psychiatrie gebracht. Irgendeine Auskunft war nicht aus ihm herauszubekommen. Er soll immer nur dieses ‚Crazy, Crazy‘ oder so ähnlich von sich gegeben haben. In der Suite fand man dann eine Kochplatte und einen Topf mit Schokolade. Weiß Gott, wie er auf so etwas Verrücktes gekommen ist! Nun ja, die Lissaboner Polizei hat den Fall an die deutsche Botschaft gegeben und die haben nach ein paar Tagen herausgefunden, wer unser Mondmann ist und wo er arbeitet. Frau Gabriel hat mich angerufen."

„Und die durchgeknallte Kellnerin?" fragte der Monsignore. „Was ist mit ihr?"

„Verschwunden", antwortete der Banker. „Frau Gabriel hatte ihren Namen und sogar das Geburtsdatum. Sie hat ja die Tickets gebucht. Die Frau heißt Maya Romero. Wahrscheinlich eine Portugiesin. Sie ist aber weder in Lissabon noch in Aachen aufzufinden. Ach ja, und dann hat mir Frau Gabriel noch etwas Merkwürdiges erzählt. Es handelt sich um die Freundin eines Patienten, Konrad Vogel. Der hat sich wegen dieser Frau auf die Gleise eines Rangierbahnhofes gelegt. Aber es kam kein Zug. Mondmann hat diesen Vogel auf den Jakobsweg geschickt, ist dann nach Aachen gefahren, um ihm die Freundin auszuspannen. Ein völlig unverständliches Verhalten. Da muss er schon nicht mehr richtig bei Trost gewesen sein."